小説 阿佐田哲也

TakehiRo iroKaWa

色川武大

P+D BOOKS
小学館

目次

第一章　虚にして実、バランスが命綱 ――――― 5
第二章　朝々昼々晩ばんばァん ――――― 63
第三章　負けたら勝て、勝ったら負けろ ――――― 137
第四章　散りぬるを我が世誰ぞ常ならむ ――――― 193
あとがき ――――― 272

第一章　虚にして実、バランスが命綱

奴――。

誰《だれ》か特定のモデルを主人公に、小説を造ろうという場合、やはり、いろいろなことを改めて確認するために、ご当人やその周辺を訪ねて取材したり、過去の業績に眼をとおしたりしなければならない。親しい仲でも、いや、そうであればあるほど、あからさまに記すのをはばかることがある。

私は、人に面接をしてぶしつけな質問をしたりすることが苦手だから、まだ生きている人物を材料にしたくない。モデルにするなら死んだ人間にかぎる。

死んだらぜひ書きたいと思って、(たとえば×××氏のごとく)待ちあぐねている魅力的な人物も居ないではないけれど、しかしつくづく思うが、人というものはめったに死なない。一番先にくたばりそうなのは此方で、私が死んでもそのあと誰も死なないで、いずれもにらみあったまま果てなしになりそうな気配すら感じられる。そう思わせておいて、誰かがひょいと、死んだりするけれど、いずれにしても、私が記しつけたいのは、死人か、どこまでも死なない男か、そのどちらかである。

この仕事に関しても、モデル小説であることは一見してわかるし、言下におことわりするつもりであった。それが、ふと、思い返してみる気になった。なるほど、対象は今なお辛うじて息災で居るようだが、奴ならば、取材に行く必要もないし、参考書を読みふけることもない。錯覚や独断も含まれてはいるが、私は奴を、誰よりもよく知っている。

だいいち、記述したくない部分が出てきたら、大嘘《おおうそ》をついてしまえばよい。題名にちゃんと、実録でなく小説とことわってある。どんなでたらめを記そうが、本人が怒り狂う心配はない。ひょっとして、この小説が原因して、モデルが名誉毀損《きそん》で作者を訴えたりしたら、こんな馬鹿馬鹿しいことはない。そう思いだすと、小説を発表したるのち、その筋道を演じてみたくなる。

そこで早速、この小説にとりかかりたいが、要するに、奴とは、何者であるか。

奴とは、ばくち打ちであり、ばくち打ちの奥に至らんとして五十年もすごしてきたような、顔をしている人物である。

しからば、ばくち打ちとは何か。

ばくち打ちとは、「この世の中でもっともバランスを失しているにもかかわらず、バランスが命綱だと思っている」人間である。

では、バランスとはいかなるものか。

バランスとは、いろいろな可能性をなんでもかでも混在させながら、ついにその一つに純化することができない塊りをいう。

もっとも、当世の誰もが純化を目標に生きているとはいいがたい。むしろ、奴と同じように、根底には純の素を抱きながら、実戦ではそこに蓋《ふた》をして、バランスを命綱と頼って生きている。そのために、生きてはいけるが、奥に達しない。生きていけている以上、永久に奥はありえない。

再び問うが、それでは、奴も結局、当世風の衆の一人であるか。奴のどういうところが小説になりうるか。

むろん、かなりできそこないの類型の一人にすぎない。しかしながら、誰しもがそうであるように、典型になりうる要素を奴も持っている。主人公は奴でなくたっていいが、奴だってよろしい。何故、世襲にこだわるかという質問に能楽師答えて曰《いわ》く、誰の子供だって根底は大差がないのだから、一人を選ぶとなれば、生まれたときから手の内に入れて鍛えることができる自分の子供を材料にするのです、と。

典型に育つとすれば、それはどういう形であるか。

ピエロである。

ピエロとは何か。

ピエロとは、そんな能力があるはずはないにもかかわらず、虚構を演じようとしている者だ。しかしながら、実態を演じようとしないというところが取柄《とりえ》で、そのために身体が根底に持っている実態の素が、はからずも浮き出てしまう可能性をはらんでいる。

この小説で、ピエロが描けると思うかね。

思わない。そんな顔つきをしているだけさ。

そんな顔つきをしているのは、奴がか、それとも、君がか。

いずれもです。私たちはどういうわけか、その点で似ているのです。奴はとにかく、ちょっとした不注意でたちまち破損してしまうガラス細工を造って見せてくれました。私も奴に習って、奴そのものを材料にしたガラス細工をもう一度造ってみようと思います。それは奴の製品に似ているが、しかしちがったガラス細工なのです。奴と私とどちらが職人として奥があるか、馬券でも買ってとくと御覧《ごろう》じろ。

私自身は単なるショー芸人のような存在であるが、芸の世界はきびしいのである。十数年前、奴が演じたことを、いつまでもくりかえしているわけにはいかない。奴をだしに使って、似非なる芸当をしてみせねばならぬ。しかしながら、同時に芸の世界というものは、実にノンシャランで、なおかつふてぶてしい。奴の軌跡を裏返していって、非なる顔した似た芸を、いくらでも演じていくのである。これが駄目なら、次は、阿佐田哲也著するところの小説色川武大という手がある。色川哲也作、小説阿佐田武大なるものも、面倒くさいが、造ったってよろしい。

要するに麻雀の配牌のようなもので、小説もまた、ツモ次第なのである。

カミ旦――。

奴の話をする前に、ばくち打ちを一人ご紹介したい。

泡森京三という初老の男で、むろん本名ではない。実在かどうかも保証しがたい。そのあたりは小説であるからすべて無責任である。まァいうならば虚にして実、実にして虚、バランスが命綱。

泡森は本名よりもカミ旦という通称の方が、その道でとおっている。カミ旦とはカミソリの旦那の略で、切れ味で鳴るお客という意。つまり、尊称である。だから、カミ旦という名を奉られる人物は、方々に居る。

彼の勝負事の実力については、ひとつの挿話を記すだけで充分であろう。

十数年前の話であるが、餓えたチンピラが数人寄って考えた。

不景気で素人のカモがめっきり減った。こうなれば目先をかえて逆にプロを狙うことにしよう。見せ金さえ見せればプロは寄ってくるし、多少の負けでは退かない。

そこでカミ旦を狙った。チンピラたちは盛り場のはずれの小さな旅館に話をつけて借り切り、自分たちの女を女中に仕立て、番頭もその日だけ身内が扮して、カミ旦を迎えた。

カミ旦をかこんでチンピラ三人が麻雀を打ち、女中たちは接待を装いながらカミ旦の手牌を暗号で通報した。途中から番頭までが勝負に参加した。

手っとり早く結果を記せば、二日三晩ぶっとおし《とおし》でやって、カミ旦の一人勝ちに終ったのである。チンピラたちはこの計画のために高利で借りた見せ金をとられ、途中で奔走して注射した金もすべて奪われた。

カミ旦は、ぐるりと敵にとり巻かれ、自分の手牌をすべて女たちの眼にさらし、道中でかくのごときセリフを吐いたという。

「どうぞいくらでもおれの手を見ておくれよ。どうやったって同じなんだよ。俺はツモあがりするときしかリーチをかけないんだから」

麻雀を打つ人ならおわかりだろうが、このセリフは実にニクい。たしかにツモあがりときまっていればスパイが何をしようと関係ないのである。カミ旦はツモれば三人分取れるが、三人側はツモっても一人分しか取ることができない。

しかしこのセリフが普通はいえないのだ。こういう夢のようなセリフがいえなければ、プロばくち打ちとはいえないのである。

いいかえれば、張り取りだけで一生喰っていけるばくち打ちというものは、ばくちをやるものすべてが夢想する存在なのである。

カミ旦は、しかし、麻雀が本業なのではない。ばくち打ちといえないチンピラの麻雀ゴロはいるが、麻雀を本業とするばくち打ちなど居ない。ここのところは一応ご記憶にとどめていただきたい。

一時的に手を出すことはある。それからまた、ばくち場で、メンバーが勢揃《せいぞろ》いする前とか、中つぎに気をかえるときに、麻雀牌を使ってやる〝北《ペイ》抜き〟という遊びをやることはある。これも市民たちのやる麻雀とは本質的にちがう。麻雀を本業とするばくち打ちなんて、阿佐田哲也の麻雀小説の中にしか存在しないのである。奴がさも本当らしいお話を作って見せた以後、知ったかぶりの輩が続出して、奴の麻雀小説で得た知識をさもさも当然の事実のごとく使った雑文などよく見かけるが、大笑いで、そんなものは紙の上のお化けなのである。

ばくち打ちは、一時間に一回ぐらいしか勝負の結着がつかない半チャン麻雀などというものは、ばくちと思っていないのである。

もっとも、奴は、知ったかぶりで麻雀小説を書いたわけではない。百も承知だが、ばくち打ちが命を張るばくち場の種目は、堅気の市民たちはおおむねご存じない。いくらかの知識があったとしても初歩の概念でしかなく、その種目を使ってギャンブル小説を記すとなると、説明に大童《おおわらわ》になるばかりでなく、深いニュアンスを伝えることがむずかしい。

そこで比較的人口に膾炙《かいしゃ》している麻雀をその種目にえらんで、ばくち打ちの世界のエッセンスをデフォルメして見せたまでのことなのである。

さて、それはそうとして、では、ばくち打ちとは、具体的にはどういうものか。

日本で、一般的にこの言葉が使われる場合、その多くは、ばくち場の経営者及びその使用人たちをさす。××一家のボスやおにイさんという手合いである。そうして、ばくち打ちがばくちを打つ人という意味とすれば、この使い方はまちがっている。彼等は客を遊ばせてテラ銭を貰うサービス業者なのである。

花会《はなかい》と称してばくち場の経営者同士がばくちをすることはありうるが、これは同職の義理を果たすだけのもの。また若い衆が他のばくち場で遊ぶことは珍しくないが、この衆はばくち場の客の中で一番甘い存在である。彼等の持参する金はおおむね濡れ手で粟《あわ》式に得たものであり、そのため張りが甘く、度胸張りになって雲散霧消する。彼等をばくち打ちとは、その道では呼ばない。

使用人と似ているが、自立しているに近い存在にばくち場の進行役が居る。関東では出方《でかた》、関西では合力《ごうりき》と呼ばれ、相撲の行司と呼出しを兼ねたものと思ってよい。これは専門技術者で、組織に属しているのが普通だが、ひと晩いくらでやとわれるフリーランサーも多い。現今ならば一夜十五万から二十万という相場であろうか。これも似ているが、ばくち打ちとは呼ばない。ばくち場でばくちを打つのは、旦べエ（旦那）と呼ばれるまったくのアマチュア、シロモクと呼ばれるプロ、喰いつき、或いはケイ太郎と呼ばれるその他の衆、この三種類から成りたっている。厳密な意味で、ばくち打ちというのは、この中のシロモクと呼ばれる人たちである。

やくざの組織の強力な関西方面では、シロモクも組織に従属している例が多いようだが、関東では比較的、一匹狼が多い。税務署の用紙に無職と書きこんで平然としている者も居るが、公けに収入のあかしようがないのだから税もとりたてる術がない。が、多くは、小料理屋を女にやらせていたり、ブローカーを名乗ったりして人前を装っている。

税務署には料飲店主として申告し、査定額の税金を払っているが、彼はけっしてその店で商売をしているつもりはない。むろん、小さな店を借りて、家賃を払っている。酒の二、三本、いつまでおいていても腐らない干物類など申しわけにおいてある。が、ろくすっぽ喰い物もできない。

だから閑古鳥が鳴いている。それでよろしい。なまじ客が入ると使用人もやとわなければならない。店をやっているという形だけでいい。そんな店は珍しくない。経営者はたいがい表街道でない筋道で飯を喰っている。

市民社会の商売往来にない業態というものがどのくらいあるか、考えたことがおありだろうか。今ここに私の知る限りのそれを羅列したら、その奇怪さに誰しもびっくりするだろう。しかしここには記さない。ネタはそんなに一度に安売りしません。

まァ、シロモクもその一種である。今回は、主題に無関係でないので、そのへんのことをもう少しくわしく記そう。

今、貴方が、かりに麻雀が強いとする。会社の同僚や知人とやって、負けない。その強さが並みでなければ、次第に相手は貴方を敬遠するようになるだろう。

勝てば（勝ちすぎれば）、相手が減る。これは勝負事の原則である。俺《おれ》は強いが、相手は俺を拒否しないよ、という方は、まだ強さが不足していると思えばよろしい。

知人は相手してくれないが、しかし麻雀で勝つ味を忘れがたいという場合、仕方がないから街の麻雀屋へ行って、フリーで見知らぬ人と打つ。そこには似たような理由で、フリーでなければ打てない人が来ている。

フリーの中にはそれほど強くない人も含まれているけれど、彼等はそこで負け組になるから姿を消して行き、貴方は勝ち組とばかりやることになる。こういう具合に、勝負事の世界は、勝てば勝ち同士が組合さるように自然になっていくのだ。負けた者は水が低きに流れるように、負け組で卓を囲む。

貴方は堅気の市民であるから、この図式はこう単純ではない。いろいろな人間関係があってそれは麻雀だけで左右されない。

しかし、貴方でなく、街のチンピラを例にとると、この図式はもっと鮮明になる。

彼はやはり強くて、好きなことでこう勝てるならこの道のプロになってすごそうかと思う。けれどもこれを本業化したとたんに、負け組がそっぽを向きだすのである。アマチュアだと思えばこそ、小遣銭のやりとりだと思っていたのが、自分たちの負け銭で彼の生活を支えていると思うと、あほらしくてやっていられない。

勝てば嫌われて具合がわるいが、本業化した以上、彼の方も負けるわけにはいかない。そこで、できるだけ目立たないように勝つために、初心者を装ったり、たまに負けたときを印象づけようとして演技しはじめる。

どう工夫しても原則は原則で、次第に勝ち組は勝ち組同士になり、そこでも勝ちが続くともう相手がいない。その頃になって彼は、もう少し大きいレートで、麻雀荘での勝ち組をえらんで誘い、旅館などでやる連中の姿を眼に入れる。

彼もその誘いに乗って打ち、勝った。もう彼は麻雀荘で打つのが馬鹿らしくなる。そこではさんざん遠慮しながら、安いレートで、したがって毎日、実直に労働しなければならない。レートが五倍で勝てれば、五日に一度働けばよい。そのうえ、もう弱者を装う必要もない。なんとなれば相手も彼と同じ苦労を味わって勝ちあがってきたので、強いからといって逃げだせない。

もしここで大敗が続けば、また麻雀荘の安いレートに戻ることになる。或いは、なんとか勝とうとして、イカサマに手を出したりする。

ここでも勝ちまくるとしようか。次第に彼は、自信に満ち満ちてくる。その道にちょっとくわしくなると、現在以上のレートで戦っている場所や人間がだんだんに見えはじめる。

勝てるなら、レートは高いほどよろしい。しかし今の相手は、一定のレート以上には乗ってこない。では、一格上のレートの連中に挑戦しよう。

勝てば、勝ち同士になる。そのたびにレートはそれに応じてあがっていく。だから、そのレートで戦っているレギュラーメンバーは、必ずそのレートに値いする地力を備えている。これもまた、原則である。

家庭麻雀では、打ち手の経済能力でレートが定まることが多かろう。しかし、それが本業同士のばくちは、自身の力に関する判断がレートを定め、相手を定めていくのである。

もちろん、力の測定なしに飛びこんでくる素《す》ッ頓狂《とんきよう》な人間もたまに居るけれども、例外なく長続きしない。千点五百円の麻雀で定着している男は、千点五百円のランクであって千点千円の連中より格下である。この点に関しては、ロマネスクな曖昧《あいまい》さはみじんもない。千点五百円で楽勝できるようになると、千円のクラスに挑戦する。そこで勝てるようなら、五百円のクラスで打っているのは大損しているに等しいからである。

妙な小理屈めいた叙述がつづいて恐縮であるが、もう少しご辛抱ねがいたい。

大原理をもうひとつご紹介する。

ばくちでは、弱者は強者に勝つことは、万に一つもありえない。

否、という方があろう。弱い者が強い者に勝つこともある、それがばくちだ、と貴方もいわれるかもしれない。

貴方は、遊び半分のギャンブルしかご存じないのである。昨日、自分が勝ったか負けたかはっきり覚えてないような、そんな遊びを奴はばくちとはいっていない。

ばくち打ちは、ばくちしか仕事がないのである。したがってばくちは総力戦なのである。このところ原理原則がぼろぼろ並ぶが、それゆえ、ばくちの結着は総トータルなのであり、打ち切りを宣しなければ結着にはならない。途中の負けは負けではない。

半チャンの途中でハコテンであっても、負けの態勢だというだけで、負けではない。

最初の半チャンで負けても、まだ継続するならば、単なるプロセスである。

一夜、戦って、負けの状態のまま散会した。もう二度とこの相手とはやらないというなら、そこで結着がついてしまう。そうでなければ、プロセスにすぎない。

このクラスが一度顔を合わせたら、一夜だけで別れるということはありえない。お互いに、メンバーの確保では苦労しているのである。そのうえ、ここまで勝ちしのいでくるまでの間に、前述の原理を身にしみて感じており、みずから打ち切らぬかぎり結着はないと思っている。一夜、負ければ翌晩挑戦する。二夜負ければ三夜に賭ける。完全に強弱の差が見えるというのであれば、早目に打ち切るのがよいが、前述した理由で、双方がレートを諒承した場合、実力に大差はないのである。

それはこのクラスにくる前の相手ともそうなので、見限った方が負けになった。そうして双方とも負け知らずでここへ来たのだ。あるクラス以上の勝負は、奇妙なことに、おおむね、全勝同士の対戦なのである。

全勝ではあるが、けっしていつも圧勝をしていたわけではない。何故負けなかったか。それは気持に動揺をおこさず、途中の沈みをものともせず、辛抱に辛抱を重ねて、結着に至ったからである。そのことをこのクラスは皆が知っている。

一夜や二夜で退くわけはない。三か月や半年で結着はつかない。何年もかかる場合もある。一度かみあったら、毎日毎夜、血の一滴までふりしぼって戦うのである。

もちろん、どの種目も、現金である。口張《くちば》りは許されない。テラ銭をとる側から、廻銭《かいせん》と称する融通の金が飛んでくるが、一定期日に返金しなければならない。種目によっては例外とし

て、

「一瞬——!」

と声を発することができる。一瞬、待って貰って、次の勝負で勝ち、すぐさま支払う。二瞬は許されない。退場して金を造ってとって返す。

だから、彼等が一番恐れるのは、負けがこむことではない。弾丸《たま》が尽きることである。いくら負けてもとり戻すことはできる。ばくち打ちはたいがい、相手の懐中にある金を自分の物と思っている。自分の懐中だろうと相手の懐中に移ろうと、対戦中なら同じことなのである。

だが、資金が尽き果てて、続行できないとなると、すべての金はもう自分に移り入ってはこない。

ばくち打ちは、すぐに使える現金だけを大切にする。預金もしない。投資もしない。ばくちで勝つ以上に大きな投資はない。吝嗇《けち》である。何かに使ったために一瞬早く弾丸がつきる時のことを思うと、何にも使えない。ただひたすら、札束《ずく》を造り、押入れという押入れを埋めておく。

彼等は家財を買わない。何もない室内に札束《ずく》だけがしまってある。女は手元におくが、女房子はつくらない。メンバーが見当らなくて遊んでいるときのほかは、性能力もない者が多い。

そうして、結着がついたときは、ゼロ対幾つ、という形になる。一点差のゲームなどありえない。偶然の勝ちもない。一瞬一瞬の局面では運の要素は無視できないが、結着が運ということはありえない。強さの質はいろいろあるが、とにかく、強者が勝つ。勝った者が強者である。負けた方のゼロとは、借りられるだけの負債を背負い、親兄弟親族の金を喰い、田地田畑とうに手放し、夜逃げになる。非常にしぶといAクラスをのぞいて、二度とその規模のばくちができるまでに復活しえない。たった一度の敗戦で、すべてを失う。

やめなければ負けないのだから、とことんまで行くしかないのである。

麻雀に例をとれば、いわゆる仕事師《けんし》といわれるのは、第一段階から第二段階のあたりでアップアップしている連中である。この連中はばくち打ちから見れば三ン下であり、小汚いだけで、その世界の実態が小説の材料になどなるわけもない。

第三段階から上は、おおむね、麻雀を種目としていない。

さて、ばくち打ちという生き方を長く持続することは、以上の説明によっておわかりと思うが、至難の道なのである。今、日本で、ばくち打ちといえる者が何十人居るだろうか。もちろん顔ぶれの変動は絶えずあり、トップクラスをのぞいて私にも実態がつかみがたい。収入も平均値が出ないが、トップクラスで年間に、七、八千万から一億というところではなかろうか。

もっとも、ばくち場の経営者の方は、月に（！）二億から三億稼ぐ個人が何人も居ます。どこの世界でもプレイングマネジャーがいいのだが、この世界ではまだその存在をきいたことがない。

最後にもうひとつだけ記す。ばくち打ちに二種のタイプがある。

一は、アフターサービスのよいタイプである。コロした人間（この道では結着がついて負けることをコロされるという）を、生活費を送って（月に十万か十五万くらいだが）面倒を見る。住み場を失った者にはアパートを借りてやる。もちろん、ばくちは相対勝負はすくなくて、集団競技が多いが、すくなくとも自分が直接手をくだしてコロしたような者に対して配慮する。そうやって恩を売って、彼等に新カモを紹介させたりする。

そのために扶養家族がどんどん増えていく。稼ぎの三割から五割はそれらのことに消えていく。だから、三年から五年くらいで、突然、土地を売ることがある。北海道から九州へ、大阪から東京へ、というふうに場所を変える。他の理由もあるが、何十人もの扶養家族と縁を切るのもひとつの理由だと思う。

その二は、アフターサービスをしないタイプである。コロした者の面倒など見ず、したがってコロされた本人はそうはしないが、その家族などから訴えられることも多い。

訴えられると、刑務所に入ってくる。つまりこのタイプのアフターサービスは、服役なのである。そうして、服役した以上、お互いの関係は五分に戻ったので、敗者に気を使う必要などない、と考えている。

以上、ばくち打ちとはいかなるものか、具体的に説明してみた。嘘だとお思いならばそれでもよろしい。べつに、真実の記録だなどと叫ぶ気は少しもない。

しかしながら、そんなものは見たこともきいたこともないという理由で信じないのなら、市民社会に容認されていない生き方を五十種類も百種類もあげるのは簡単なのである。この世は士農工商だけで成り立っているわけではない。

虫喰仙次——。

その頃、奴の巣を訪れる者は、ほんのひと握りの友人たちだけだった。

雑誌社に籍をおく虫喰仙次。酒田甚太郎という物故作家の長男坊の酒田千春。質屋の若主人の矢ケ崎伸。元浅草のコメディアンで当時踊りの師匠の泉プリ夫。それに何人かの女友達、そんなところだったろうか。

もっとも、そのいずれもと、奴はばらばらにつきあっていたので、彼等同士はお互いに知らない。酒田とはその名のとおり無意味に安酒を呑みふけり何日もつるんで酔いどれていることができる気のおけないつきあいだったし、幼馴染の矢ケ崎とは逆に素面《しらふ》のときの話し相手だった。プリ夫とはくされ縁で、お互いにつきあって益があったことなど一度もない。あまりにひどい友人なので、何かにつけてすぐに思い出すという、そういうとりとめのない仲である。

虫喰仙次は、職業は編集者だったが、奴とのつながりは競輪と麻雀だった。この数人の友の中で、唯一、ギャンブルにつながりがある。奴は虫喰に、競輪の髄を教わり、麻雀の奥を教えた。奴も虫喰もどちらかといえば親分肌で、他人に教えを乞うタイプではない。それが、互いに一歩をゆずりながら二十代後半の十年間、もっとも烈しくつき合った。結局のところ、ギャンブルの認識について共鳴しあっただけでなく、実人生に対しての興味の持ち方に相似たところがあったのだろう。

虫喰は奴より二つ年上だったが、苦労して育ち、下積みの仕事を転々としながら、しかし相当に頑強だったらしく、何かに屈したような気配を身につけていなかった。編集者になる直前の職は、魚河岸の運転手である。その前の職を蹴飛《けと》ばして東京に出奔して来、とりあえず運転手になったのである。

当時、魚河岸を舞台にしてヒットした大衆小説の主人公のモデルと囁《ささや》かれ、それが縁で雑誌社に転入した。そうして半年もすると、素人のはずの虫喰が、その社の五、六十人居た社員たちを魅了し、実質的なボスになった。上役も先輩も糞《くそ》もない。当時、彼に追随しなかったのは創業主の養子だけだったと思う。

虫喰は昼近くに社に現われ、出勤簿に判を押す。昼休みには同僚を引具して近くの喫茶店に行き、仕事の打合せをし、身上相談に乗り、呼んでおいた作家、画家に会い、（彼の雑誌は大家や流行作家は使わなかった）一時すぎタクシーをつかまえて競輪場に向かう。日曜日だけはどこですごすかわからないが、週日の午後は必ず競輪場だった。

そうして奴も、月のうち二十五日くらいは競輪場に居た。虫喰と一緒に遊びたかったからだ。

「俺は、競輪マニアを何千人と知っているが、天才と思うのは仙ちゃん（虫喰）一人だね。野郎はすごい。まァ見ていろよ。そのうちきっと、仙ちゃんをコロしてやる。野郎を堕落させ骨抜きにして、あんないい顔ができないようにしてやるよ」

奴が、そう語ったことがある。

たしかに虫喰は恰好よかった。競輪を手の内にいれていて、うまく帳尻を合わし、プラスに持ちこんでいる常連客が、全体の中ではごく少数だが居る。しかし彼等は例外なしに、かなりの資金《たま》を動かしていた。虫喰は、二千円か三千円の小遣銭しか持っていない。だからプラスする額もわずかだが、毎日、浮いた。必ず、最終レースまでにバランスをとる。

小額の資金では、本命で儲けることができない。穴を狙う。穴をすばやくかぎつける。彼が狙ったレースが穴にならずに、本命か、それに近い順当なところがくる。虫喰は穴で狙った車券を破り捨てるが、同時にニヤリとしながら、二、三枚の押さえ車券を見せる。一本押さえたそれが当っている。儲からないが、マイナスにはならない。

順当なレースでは原点にしかならず、穴だけで勝ち越す。それを十年近く続けていくことがどんなにむずかしいか、群衆ギャンブルに手を出している人ならわかるだろう。勘とかセオリーとかの力もあるけれど、要するに虫喰の能力がこういう遊びに向いているのである。

競輪にくわしい者で、面白い狙いを発見する者はたくさん居る。だが巧者の多くは、それが本当に面白い狙いであるために、その部分にこだわりすぎてしまうのである。つまり、他の要素を恣《し》意《い》的に軽んずる。虫喰はそこがちがう。一つのポイントを発見すると同時に、他のポイントにも眼を配っている。けっして思いつきに溺れない。実体は、一面の可能性だけで造られてなど居ないのであり、多様なものと思い知っている。ただし、だから多様に全種類の車券を買うわけにはいかない。多様に眼を配るが、選択があり、計算がある。そこに勘やセオリーを駆使するのである。

初期の頃、この遊びのポイントは何かね、という奴の問いに、虫喰はこう答えた。

「正義感を捨てること」

「それはもともと俺はうすい」

「じゃァ、有望だよ」

「君も初手からうすいだろう。正義感なんて急に捨てようと思って捨てられるものじゃない」

虫喰は笑顔になったが頷《うなず》かなかった。

「俺は正義感はあるよ。ただ、信じないだけだ」

「そうか。ま、俺もそんなところだね」

二人は、競輪というものを、この世の中のほとんどの物を信じないように、信用していなかった。だから、リアリティのある面白い遊びだったのだ。

信じざるをえないのは、自然の原理だけ。

「年に四回ほどある重賞レースの中の、予戦から決勝まで勝ちあがっていくためのレース、これは仕組はないと思う。重賞レースの実績は、次の重賞までの間の選手個々の実績になる。その間の普通レースでの収益に大きな影響があるからな。皆、一生懸命走ると思う」

と虫喰が講義した。

「だから、そのレースは車券の対象外だ」

「――買わないのか」

「買わない。皆が一生懸命走ったら、誰が勝つかわかるもんか。買えない」

「すると、その他のレースは、すべて八百長なのか」

「そう思っていた方がまだしもいい。実際は、仕組んでもあまり効果のない組合せもあるし、不自然になりすぎて仕組めないレースもある。それから選手の新入生は夢中で走るから、例外をのぞいて仕組に巻きこめない。だから、すべて、とはいえないだろうがね」

「一日十レースとして、何割だ」

「まァ、七本は、臭いな」

「出来レースか」

「片八百長、思惑レース、そうしたものを含めての話だがね」

「どうしてわかる」

「調べたわけじゃないぜ。証拠もない。そう思うだけだ。だが俺はこの遊びで真実を知りたいなんて思わない。張り取りをしているだけさ。だから俺が勝てる間はこのままの方がいい」

「しかし、それは仙ちゃんの意見でしかないわけだな」

「お前が選手なら、どうする。無計画に全力を出すかね」

「俺なら——、八百長しないとはいいきれない。そのときの条件をよく考えて、正義か、不正か、自分が結局有利になる方を選ぶ」

「そうだろう。それが自然だ。俺はその自然に賭けるよ。不自然なものには賭けない。俺は内心で、七割は臭いと思っている。だが、いいかね、ここが微妙なポイントだが、そう思いこんでいるわけじゃない。俺にとっていつも危険なのは、一瞬、思いこむことだ。その方が楽だから。俺はいつも自分にそういいきかせる。虚か、実か、それが問題じゃないんだ。虚にして実、実にして虚、その模様を正確に呑みこむことが、この遊びの極意だとね」

「認識ごっこか」

「そうだな」

この時期、虫喰の安定した成績にはとても及ばなかったが、奴も飽《あ》かずに競輪場にかよった。

面白いが、ざらざらとした埃《ほこり》に身体じゅうがまみれたような感じになる。

「実に近代的な遊びだな。〝神〟のないゲームだ」

「日本人でなきゃ、こんなもの考えられんな」

虫喰は酒を呑まないから、二人で喫茶店に入る。

「もっともな、俺たち、えらそうなことをいってるが――」と虫喰がいう。「収益は煙草銭《たばこせん》に毛が生えたようなもんだ。選手はがっぽり賞金プラスアルファ。主催者はテラ銭。バカみたいだな」

「だが、仙ちゃんには競輪場に来てる間も給料が出てる。俺にはない。俺の方がバカさ」

奴は、だから競輪でマイナスした日は、夜、麻雀を打たなければならない。

虫喰のところには予想屋が、次のレースの予想をききにくる。予想屋は虫喰の予想を客に売り、当るたびに走ってきて、

「ちょっと、当り車券を貸してくれよ」

自分の予想台に、その車券と自分の金をべたべた張って、

「大当り、大当りだ。ホラ、ご祝儀がいっぱいだよ——」

景気をつける。

ドリンク業（ノミ屋）の下請けが、

「大口が来たが、受けて大丈夫だろうか」

とききにくる。

「ちょっと、さむいな」

首をひねると、ドリンクの若者は大銭で入ったその連番を、他のノミ屋たちに散らして分担させて危険をすくなくする。

だから、虫喰が姿を見せると、指定席のヤミ切符と弁当がいつも届いてくる。

内部関係者ややくざから、たびたび八百長の話がもちかけられてきた。そのくらい顔が売れていたうえに、一応堅気とわかっていたから、不正の相棒にしても後くされがないと思われていたのだろう。

奴も、虫喰も、いつもそれを面白がりながら、結局、一度も八百長に加担していない。

「何故かなァ、俺たちも欲がないなァ」

「奴等の八百長そのものを、信じてないんだろう」

「それもあるが、他人の八百長を見破る方が面白いからなァ」

奴は、虫喰の雑誌に、ときおり変名で時代小説などを書いていた。娯楽作家になろうと思ったわけではない。ばくち打ちが小料理屋をやるのと同じで、表面、定職のあるような恰好をしていただけである。

はじめて奴の原稿を読んだ虫喰が、ははは、と笑って、

「なんとか、恰好にはなってるじゃないか」

「当り前よ。ばくちにくらべりゃ、実業なんか屁《へ》のようなもんだ」

そんなことで、奴と虫喰は、まんざら競輪と麻雀だけの交際ではなくなった。雨の日など、虫喰の社のロビーで話しこむことがある。しかし、そうなっても、編集者とライターの間柄ではなかった。

虫喰自身を選手と見立てるばかりでなく、経営者や社員たちもそれぞれ選手にし、どうすれば生存競争に勝ち残れるか、それを推理する。競輪とちがって、こちらの方が推理しやすい。彼我の個性や実力の差がかなり大きいし、概念的な動きをする者が多かったから。

奴は、面白がって、競輪の予想紙を真似《まね》て、出走表を造り、◎○の印をつけ、脚質、戦歴、短評などを書きこんだ。

「しかし、ゴールはどこを想定しているんだい――」と虫喰がいう。「それによって走り方が

あるぜ」

「そうだな。レースの種目をつくらなくちゃな。スプリントもあるし、平場に障害、マイル戦に長距離、競輪には先頭固定、タンデムなんてのもある。こりゃ面白い」

「まず、長距離から行こう」

「つまり、誰が次の社長になるか、だな」

「社長が死んだら、というレースか」

「それじゃァ、手なりじゃないか。そんなもの競走じゃないよ。誰が乗っ取るかだ。他からくる場合もあるが、とりあえずこの中で印をつけてみよう」

「俺は、棄権だな。そのレースには出ない」

と虫喰はいい、奴は笑った。

とりあえず、現社長の養子の短評欄に、マーク型、頭はムリ、と記入した。

現社長の実弟二人、養子を含めてこの三人は脚質がいずれもマーク流込みで、頭取りの競走では重い印がつけられない。

「なにしろ、自力で仕かけられないのが致命傷だな」

「だが、それぞれに子分たちがつく。線はできるな」

「不忠実な子分がだろう」

「それにだ、今までは自力で走る必要がなかったんだ。強力な先行選手が居て、大名マークができたんだからな。戦歴だけじゃきめられないぜ」

「いや、養子はあくまで、マークしかできない。問題は実弟二人で、彼等は今度は自力で走ろうとするだろう。だから駄目だな。この三人が組んで筋車券でも買えればまだしもだが」

「それは見込みうすだな。なにしろ今度は信頼すべき先行が居ないんだから。弟たちは、それぞれ線をつくって、二人で先行を競ってしまう。先行潰《つぶ》れだ。買えない」

「一時的な傀儡《かいらい》で、どうかね」

「社長が死んだ、というレースなら大いにありうるがね。革命の場合の傀儡は他からくるだろう」

「それじゃ、次は仙ちゃんだ」

「俺はそのレースには出ない」

奴は、無視して、虫喰の短評欄に、老練、さばいて連がらみ、と書きこんだ。

「おい、本気か。棄権といってるぜ」

「本気じゃないさ。本気で書けば、こうなるんだ」

八百長選手、と奴は書きこんだ。目標はひとまず幹事長。頭取りはまだ先が狙い。

「馬鹿にするない」

「じゃァ、他にまだ賞金の高いレースがあるってのか」

「俺は車券を買う側だ。スタンドの人間だよ」

「何故――」

「何故かな。――レーサー志望なら、もっと練習にはげむ」

奴は、他の選手たちをひとわたり眺めた。

Aは、マークの切りかえもすばやいし、スピードもある。かなり辛辣なレースをする。だが、三着選手だ。いつも三着か、或いは落車失格だ。

Bは、人柄は円満だが、気力がない。

Cは、地足（平均スピード）もあるし、ハンドルさばきも並以上だ。しかし現社長が下積み時代からの竹馬の仲で、そのうえ経理担当なので、癒着《ゆちゃく》がある筈《はず》。同時にその点が、大穴にもなる。

Dは、事務家。Eは、軽率。Fは、怠惰。Gは、野心家だが貫禄不足。

「こうして見ると、現社長はさすがに脚力があるな。見事に愚民政策を実らしている」

「俺も、その一人だぜ」

「仙ちゃんはちょっと別さ。魚河岸の運転手がまさかこんな男だとは現社長も思わなかった。歴史はいつもこんな部分で狂うんだな」

「君もいれよう。俺が印をつけてやる」

「俺はここの社員じゃない」

「かまわない。社外をもっと出走表に加えるべきだ」

虫喰は、奴の項の脚質欄に、自在味あるも、極手はまくり、どん尻強襲、と記した。

「だいぶ評価したな。ただし俺は自在じゃない」

「マーク型じゃないだろう」

「競りあってまで目標には喰いさがらないな。しかし位置が空いてればマークもするぜ」

「ただし、大ムラだ」

「落車が怖いんだ」

「練習不足だ。堅実という意味の脚力がない」

「ああ、無い」

「ペース落第だ」

「一般戦ならぶっ千切りで頭だ。重賞レースだと後方凡走」

「着順ははっきりしてるな。頭か、ビリだ。ヒモには狙えない。ところで、これはどうなんだろう。武器なのか、欠陥車か、ただし、この点がまくり脚の原因にもなっているが」

「どの点だね」

「お前の箍《たが》のはずれた優しさ」

「仙ちゃんにもあるぜ。印のつけようがない不可解な点が」

「そうかね」

「お前の倫理感」

「お前は八百長するくせに、賞金に興味を示さない」

「お前は賞金に興味があるくせに、存外、八百長ができない」

「お互いに、ユニークな八百長選手だな」

「脚力の限界だろうさ、そのへんが」

むろん、これは奴等の言葉の遊びで、奴等はこうやって世の中を軽視し、遊んでいただけだ。

虫喰は、深夜でなければ巣へ帰ろうとしない。奴はそれにつきあう。コーヒー一杯で際限なくしゃべる。虫喰はその当時、結婚を約束した女が居た。そうして、ひょんなことからできてしまった別の女を、巣においていた。

別の女は酒場に出ていたが、昼間の勤めに代わりたがっていた。婚約者は、昼の職場で地歩を増し、着々と虫喰との新生活の設計を整えていた。

虫喰は、婚約者と、会おうとしない。そのためにも、昼間は会社に居ない。

それからまた、別の女が眠りに落ちるまで巣に戻らない。

虫喰は、外では気性の烈しい男だった。短気だったし、決断力も備えていた。

「――どうする」

と、ときどき、奴は虫喰をからかう。

「車券を売るかね」

「二つに一つ、か」

「いや、二つとは限らない。方法は他にもある」

虫喰は黙った。

「どうにもならんのだろう。いやな男だ」

「だが、――結局は、な」

「結局はどうするかな。第一案、二人を殺して手前も死ぬ。第二案、一方と結婚し、一方とも同時に同棲する――」

「そうなれば、配当は万とつくな」

「――巣の女は、いい奴なんだな」

「俺はもう決めてる」

「決められるものか」

「決めてるよ」

「じゃァ、やれ、やってみろ。俺はその車券は買わない」

「夜中にな、隣りの女をつくづく見ちゃうんだ。俺の隣りで毎日眠ってる女をさ」

「フン、B級選手のいいぐさだ」

「お前はどうだね。お前は決められたか」

奴は、ちょっと押し黙った。

「おい、俺に相談しろよ」と虫喰がいった。「俺は他人のことなら、きちっとさばけるんだ」

「俺に相談しても無駄だぜ」と奴はいった。「俺は他人のことでも、まるでさばけやしねえ」

虫喰は、自分のことをさばけない。奴は、自他ともに、さばこうとしない。似ていたが、二人のその部分は同質ではなかった。どうちがうかというそこのところがむずかしい。優しさとか、倫理感とか、そう単純に別の言葉になるようなちがいではなくて、しかし、同質ではないことがお互いにわかっているのである。そのあたりで、奴等は惹《ひ》きあっていたのかもしれない。

ある年、虫喰は、二つの大きなことをやった。

一つは、結婚である。巣の女と別れて、婚約者と新世帯を持ったのだ。

新世帯は、意外に、その当時の奴の巣に近かった。奴は、この件に関して発言せずに、ただ黙って眺めていた。

「ここは出るよ。すぐに出る」

と虫喰はくりかえした。自分の目標はこんなところじゃない、といいたげだった。

「しかし、どういうことかね」

「女は定めた。だが住み家は定めない。こんなところであってたまるか」

「じゃァ、末は大臣、大将か」

「お前はどうだね。俺に相談しなくていいのか」

「俺は整理整頓などしない。整理なんかしてたまるか」

と奴はいった。

もう一つは、クーデターだ。

創業者が、おそまきながら虫喰を警戒しだして、彼を配置転換した。総務課のキャップだった。もともとその社は、学校を出たての新入社員をどんどん入れ、古手のギャラの高い社員をさまざまなやり方で居辛《いづら》くさせ、どしどし追い払う方針をとってきた。その方が人件費がかさまなかったからでもあるが、同時に創業者の支配態勢が揺るがないからでもある。

したがって虫喰はもう古手だった。創業者は虫喰を圧迫したが追放しきれず、次案として自分の手元で飼いならそうとしたようだ。

しかしそのときは、クーデターの計画も秘密裡《り》に進んでいた。虫喰が巻きこんだのは、意外にも、創業者の竹馬の友のCだった。

「なるほどな、経理担当に寝首をかかせるわけか。これはこたえるな。経理担当ならボスの秘密をばらせる」

「最初は、お前も使おうと思ったよ」

「俺か。俺はまくり選手だぜ。先行押切り型じゃない。まくりにマークは共倒れだ」

「早目にかぶせ逃げをして貰うんだ」

「俺が、仙ちゃんたちをひっぱって、逃げ潰れるわけか」

「お前は、賞金などどうでもいいんだろう。八百長の火つけ役でいい。このレースで一着になったって、お前にとっちゃどうってことはない」

「ただな、仙ちゃんの引っ張りって役が、不足だな。——しかし、どうやってやる」

「簡単だよ。我が社に入社するんだ」

「この札つきを入社させるかい」

「俺は総務課長だ。俺の一存でどうにでもなる」

「それで——?」

「お前が組合をつくる」

「なるほど」

「社長がカンカンになって、クビだ、といったらやめりゃいい。もともとお前は勤める気なんかないんだ」

「そりゃァそうだ」

「だが、引き受けないだろう」

面白そうだったが、やはり奴は参加しなかった。かなり近いところで弥次馬的接触はしたが。どういうきっかけで戦端がきられたか知らないが、虫喰側が外部の後援者にしっかりした楔《くさび》を打ちこみきらないうちに、露見した。クーデターによくある例である。創業者側がそのため先手になって押し潰した。

Cは逃げ潰れた形で追放されたが、二番手を走っていた虫喰はしぶとく社に居残った。というよりも創業者が、その側の立場でいえば名人事を発表したのだった。虫喰を、労務担当の長にしたのである。毒をもって毒を制すというわけだったろう。

いやなら放りだすぞ、と社長がいう。

虫喰は、苦しい表情で、その人事を受けた。或いは、苦しい面構えで、というべきだったかもしれない。

時を同じくして組合の機運が高まり、それは虫喰が背後で糸をひく面があったかもしれないが、彼はおいおい、創業者と元同僚の間の板ばさみで、本格的な苦渋を味わうようになった。

再び、奴――。

ツモがわるい。いや、ツモがどうも手幅《てはば》に合わない。阿佐田哲也のお株を奪っていえば、麻雀でもときどきこういうことがあるな。今、私は大沈みしていない。シャレで、そこそこの手を造ってあがろうと思ってツモりはじめたのだ。ところが、ツモが、どうも、一か八かというふうにくる。私が必要としているものより大振りな手を、やれ、やれ、とけしかけるようにくる。そういう手は失敗の公算が大きい。だが、作者としては、ツモがそういうふうにくれば、そうせざるをえないのだ。この手はきっと、あがれないだろう。放銃してこれが敗因になるかもしれない。

どうも、申しわけありません。芸人が、芸のいいわけをしている。最低である。題名に呼びこまれて、学生の頃読んだ麻雀小説にチラリ郷愁をおぼえてページを開いたお方の好奇心を、どうも満足させていないらしい。

娯楽読物としては、わかりにくい事象を書きはじめてしまったんだな。ツモがそうくるんです。じゃ、勉強すればわかるようになるかってえと、そうじゃないんだ。今わからなくても、この先何年か、何十年かして、ひょっとわかるようになるとか、そういうことでもないんだ。教養や、人生経験などで、わかるという種類のものじゃない。わかる奴にしかわからない。それだから困る。

どこが難解であるか。

どこ、というわけにもいかない。

次の章はますます難解です。次の章に登場してくる人物は、本当は凄い男なのです。どこが凄い、といわれても、やはり困る。私はこの男の凄さを、きっとあらわにできないだろう。でも、この人物はどうしても登場させたい。ツモがそう来たから。

麻雀小説では、こういう要素は登場させなかった。だからそのぶん歯切れがよくなった。実際には、私たちの日常は、少しも歯切れがよくないけれど。

だから小説は歯切れをよくしなければならない。この次はそうします。ツモさえそう来たならば。

話を奴のことに戻そう。奴のことになると、どうも真面目に書き記す気になれない。

それはそうと、誰か、奴の過去を洗いざらい調べた者が居るのかな。

阿佐田哲也、幼にしてグレ、中学無期停学、敗戦とともにばくち界に入り、チンチロリーン、バッタ巻き、カーポにルーレット、入りますウにポンチーパクリ、大ばく小ばく遊び暮して、あとは野となれ古戦場。

なんだイこりゃ。

これはつまり、伝説なんだろ。どうしてこんな伝説ができたかというと、奴がそういうことを書き記したからなんだろ。

噂が起こる。それは一見、眼新しいものだったので、わりに伝播《でんぱ》してかなり広範囲でささやかれるようになった。だが出所はほぼ一か所だ。奴がそう書いただけなのだ。しかも、娯楽小説という形で。

なるほど、奴の小説はすべて、私が、という一人称形式になっている。私が、と記したからといって事実だとは限らない。そんなことは常識だが、この場合はわりにたやすく、作者がその世界を経験してきた人物だと受けとられた。

阿佐田哲也の名前がまったく無名で、突然、週刊誌に連載という形になったからだ。奴の他の小説は見たことがない。そのうえ、ギャンブル小説専門に書く。

実証者は居ないが、その世界を市民たちは知らない。

昔、私が出版社の小僧だった頃、山田風太郎氏のお宅に社用で伺候《しこう》した。山田さんは当時、新進で才を謳《うた》われる推理作家だった。

私はそのとき、山田さんに大ヒットまちがいなしという時代小説を依頼に行ったのだった。山田さんがまだ奇想天外な忍法帖ものを書く前である。

「まァ、むずかしいね。ひとくちに時代小説といってもね。たとえば、丹下左膳、あのくらい際立った主人公を造形できればね、それでもう一生喰えるんだが。——なかなか、そういうヒーローが造れないんだよ」

私はそのときは、なるほど、と思ってきいていた。それから以後、いろいろな作家の手で、さまざまなヒーローが造りだされてきた。

麻雀放浪記という奴の最初の長篇を見たとき、ふと思った。

片眼片腕丹下左膳、いかにも妖奇な主人公だが、小説の中の人物でしかない。麻雀放浪記は作中の主人公と作者とを一に合わせて売りにかかろうとしている。そこが新しい手なのではないか。

おそらく、奴もそれを意識していたろう。

反響は若者たちの間で起きた。それはいいが、作品のというより、むしろ作者に対する反響だった。

高校生Aの手紙。——僕も麻雀が死ぬほど好きですが、とても貴方のような生き方に徹底できそうもありません。

高校生Bの手紙。——親父は麻雀をするなと怒るけれど、麻雀をしてるとこんなふうなものが書ける。親父にこの本を読まして、馬鹿にするなといってやりたい。

他人には見せないが、こういうふうな年少者の手紙の集積を、奴は大切そうに箱に入れている。奴は、内心おろおろして、若者たちの錯覚を見つめている。

戦争前に封切られたアメリカ映画のギャング物で、こんなふうなのがあった。ニューヨークの下町だ。貧民街に少年ギャングどもが育ちつつある。彼等はこの街出身の有名なギャングを英雄視し、自分たちも彼のように生きたいと熱望している。そのギャングが捕まって死刑になる。牧師がこういうのだ。「卑怯に醜く死ね。子供たちの夢をこわせ。彼等にただの卑劣な悪党だと思わせるのがお前の贖罪《しよくざい》だ――」ギャングは、故意にそのとおりの死に方をする。

実にくだらない映画で、まだ不良小学生だった私ですら映画館を出てから失笑した。一見教訓的に見えるが、実質は、真実を糊塗《こと》しているだけだ。多数の人間を殺傷し、我意我欲で生きたギャングが、何故、最後までみずからに酔いつづけ、動揺なしに死んでいくことができるのか。そこを見せるのでなければ、真の教訓にはならない。ここに出てくる牧師が安閑と生きられるような世の中と、少年ギャングどもがギャングとしてでなく生きられるような世の中は、けっして両立しないのである。少年たちは牧師のように安閑とは生きられないので、自分たちの生きる線のうちのどれかを英雄視せざるをえない。それは酒に酔ってみじめな現実から眼をそらそうとしているのであり、先輩ギャングの在り方とは無関係なのである。あたかもそうでないふうに描くのは、神にも社会にも立ち向かわず、何事も是正せず、このまま安閑と生きようとする牧師の側の詭弁《きべん》に拠《よ》っているからである。

では、奴は、阿佐田哲也は、年少者の葉書を見るたびに、何をおろおろしたか。

奴は、それが酒だと知っている。しかし、酒をとりあげて彼等を素面に戻すこともしない。そうするためには自分の生き方を変えねばならぬ。その勇気がない。

阿佐田哲也の名前は（作品が、ではない）はじめ大学生に印象づけられ、高校生、中学生と下にさがっていった。今は小学生でも知っている。優等生的存在をのぞく、大半の生徒がだ。

高校生Cの手紙。——麻雀なんて、あんなつまらないことだけをたてにとって生きてきた。貴方はそこがすごい。自分も、麻雀ではないが、何かひとつのことをたてにとって生きてみたい。

年少者たちは、（実在人物としての）石川五右衛門や鼠小僧の線で、奴に畏敬《いけい》の念を抱いているらしい。まともなことをせず、因果応報をふみやぶって生きてきた。

私の少年時代には、戦争期のせいもあって、こういう存在が、先であまり光っていなかった。人生というものが、なんだか電車道のように、一本しかないように思えた。

だが、奴は、おろおろと内省した。

それから、決定的に阿呆《あほう》なことをやった。

名前を変えて、普通の小説を書いたのである。それも、阿佐田哲也として巧なり名とげたから、文芸趣味を満足させてみよう、というならまだよろしい。

なんと、以前から小説書き志望で、麻雀小説の前にも、ちがう名前で新人賞など貰っているんだとさ。

ばかやろう。虚だか実だかしらないが、阿佐田哲也を見て、ああ、こんなふうに、末は大臣大将という線とまったく無関係に、好き勝手なことをやったって、運さえよけりゃ、生きていけるってことも、あるんだ、そう思っていたたくさんの年少者の偶像を、自分でふみにじってしまったんだ。

お前は、石川五右衛門や鼠小僧と似たような存在だったんだぞ。

親の眼盗んでせんずりかいて、罪の意識にさいなまれてると、そのせんずりで飯を喰ってる男がいる。運さえよけりゃ、どんな生き方だってできるんだ——。

それを最後までたてとおせ。虚でもいいから、へらへら笑ってそうしていろ。

あれは、小説です。虚です。真似をしちゃ駄目だよ、君。——そんなことをいうのは、手前が楽になるだけなのだ。

二流だか三流だかしらないが、そんな文学なんぞ誰にだってできる。小説書きなど、誰が畏敬するものか。

人が、めったに現わさない讃嘆の眼に浴する栄光を、たとえ虚名でも、一時的にでも、受けたのだ。

ざまァみろ、もう今は何もない、ただの泥田の人間。

原完坊――。

酒田千春や、矢ケ崎伸や、泉プリ夫や、この時期の何人かの女友達についても記すつもりであったが、なかなかその折りがない。この先も、はたして登場する余地があるのかどうかすらわからない。

なにしろ、奴と同じ、原稿はいつも出たとこ勝負。

酒田千春はその頃三十半ばには達していたのかな。けれども美少年という感じの抜けきらぬ男で、眼まぐるしく女をとりかえる。

独特の感性と、独特の劣等感とを備えていて、そのうえ非常に小心だったから、こういう人物はだいたい酒が大好きであるうえに、世の中の歯車に合わないことが多い。内面《うちづら》よりは外面《そとづら》のよいタイプなのだが、それでも不機嫌の芽がチラチラと見えかくれする。そういう千春の弱い獣のようなところを奴は好いていて、もっぱら千春と呑んでいた時期がある。

千春の方からいわせれば、珍しく、彼が劣等感を刺激されず、また警戒心も抱かなくてもよい相手がみつかったのである。

なにしろ、虫喰とのホットな交際が、なんとなく一段落した頃で、あらゆる意味でなんにもしていなかった。週に一日も、ばくちもしないということがある。千春も無為に日を送ることを好む男だったけれど、千春から見ても、異様なほど、奴は何にもしない。無為と無為の小さな流れがぶつかって、勢いづいてウルトラ無為の流れになっていくようなもので、これでは千春が劣等感を持つわけがない。

奴が行くと、辛うじてだが、安酒を呑ませてくれる店が方々にある。千春も、亡父の関係で彼を坊やのようにあつかってくれる店があちこちにあり、それ等の店を転々とする。新宿に、マッちゃんコウちゃんという、やはりコンビで呑み歩く侍がおり、彼等の行く店は新宿全域にわたるが、これがあくまで払わない。どちらのコンビも実にどうも払わなかったもので、奴等の借金は一軒平均十万円くらいになっていた。若者の給料が一万いくらという頃である。

それで、晩から朝までとどまらず、朝から晩まで、また朝までというふうにきりがなく延長していく。ときおり、しびれがとれたような気になって、都電の赤電車で千春と巣に帰ってくる。道で行きあう牛乳屋に千春がツケで牛乳をたかる。

煙草屋もツケで、払わない。銭湯も、借りた。もっとも奴は、それ以前にもっとひどい経験がある。その頃は身心ともに荒《すさ》んでいて、体質的にギャングだったから、同じ払わなくても荒っぽい。それから十年の余がたって、ばくち場も遠くなり、払わなさの質が市民的になったといえる。非常に恐縮しながら、払わない。そのときは無為の中毒になっていたから、いつか払うという気分すらおきない。

実にどうも、いい心持で、酒とプラスアルファのために、頭がしびれている。身体はむくんでいる。物事を考えるということができない。

冬の夜、ガスストーブで背中をあぶっていて、着衣に火がつき、下半分が燃えたが気がつかなかった。奴は、裾《すそ》のところが燃え飛んでしまった着衣を平気でそのまま着て外出していた。

そんなある日、千春が一人の男を連れてフラリと寄った。

「俺は近頃知り合っただけでね、なんかよく知らないんだけど、あんたの話をしたら、一度会わせてくれっていうんでね」

「誰――」

「喫茶店のマスターなんだよ。名前は、そうだ、まだ知らねえな」

「原です。原完坊――」

異相の男が眼を和《なご》ませて入ってきた。異相といっても、柔和である。柔和といっても、暖かい顔ではない。スポッとガラスに張りついたような、情緒が沈んで表面には何も出ていない、街中ではまずお目にかからない顔である。

そのくせ、眼が優しい。

奴は、しばらくその顔を眺めていた。

「本名かね」

男はひとしきり笑った。

「おかしいか」

「いや、あたしはね、笑う癖があるんですよ。なんでもおかしくなっちゃうんだ」

「とにかく妙な人なんだよ――」と千春。「小学校の六年生で、同級の女の子と最初の結婚をするんだから」

「小学校の六年生で――」

男は、今度は笑わなかった。

「結婚じゃないですよ。同棲です」

鬼面人を驚かすような話というものには、奴は、あまり乗らない。

しかしそのときは奴の女がそばに居て、

「アラ、で、そのひととは――?」

「しばらくして別れました」

「どうして」

男は又笑った。「あたしが居なくなったから――」

「居なくなったって――」

「鑑別所に入ったから」

「ああ、ねりかんか――」と千春。

「で、そのひととは、それっきりですか」

「うん。いや、どこにどうしてるかは知ってますよ」

「もうべつの人と結婚してるでしょ」

「いや、下北沢の美容院で働いてます」

女は下北沢の育ちだった。美容院の名前が出、女性の名前が出た。そのひと、よく知ってる、と女がいった。

そのときも奴は、この話はどちらかといえば、嘘だと思っていた。嘘というほどでなくとも、だんだん枝葉がついてくるということがある。

(――俺も、極グレの小学生だったけど、同棲という発想は、思いつかなかったからなァ――)

「じゃァ、彼女と同級生なら、貴方、二十七――?」と女が訊《き》いている。

「二十六。早うまれだから」

「若ァい。びっくりした。とてもそんなふうに見えないわ」

「原さんだね、原、なんといったっけ」

「完坊――」

「どういう字」

「完璧《かんぺき》の完、坊やの坊」

「喫茶店のマスターだって」

「店はもう畳みますがね」

若いわりに、だいぶいろいろのことをやってきた男なんだろうな、と奴は思っていた。

「ところで、泡森京三を、知ってますか」と原がいった。

「――カミ旦かね」

「ええ、カミ旦。あの人から貴方のことをきいてましてね。酒田さんが知ってるっていうから――」

「なるほど――」

此奴、ばくち打ちか。

喫茶店のマスターときかないで、この顔に会ったならば、医者か、高利貸し、と思ったにちがいない。しかし、ばくちの世界の人間なら、それで納得がいく。

「カミ旦を、どうして知ってるの」

「あたしも、好きなもんだから」

そういって原はまた笑った。

「ばくちは、今はやらないんですか」

「ああ。二十一のときにね、引退してる」

「いいですねえ。引退ができて」

「俺は一流になれなかったからね、あの世界じゃ。今はもっと弱いだろうよ。生命力がおちてるから」

「彼は卓球もうまいんだよ――」と千春がいう。「俺の友人が、彼と卓球仲間なんだ。その関係で店を知ったんだけど」

「ばくち打ちが卓球をやってどうする」

「俺だって水泳をやるぜ」と千春。

「酒呑みが水泳か、そいつはべつに変でもないな。もっとも俺だって、タップダンスを習おうと思ったことがあるよ」

原は笑ったあとで、いった。

「じゃ、失礼します。また伺っていいですか」

「うん。でも、何故」

「カミ旦の話をきいてると、貴方はきっとまた、ばくちをやるだろうと思って」

「そりゃァないよ。あれができるのは、荒々しい気分のときだけだから。天才はべつだけどね」

「また来ます」

といって原は帰った。

そうして、奴はまもなく原と何度となく会うようになった。原も、奴も、千春のことを話題にしたことはない。千春は普通の人で、奴にとって筋のちがう交際なのだった。千春に限らず、他の誰にも、紹介しようという気はなかった。

いうならば、原は、市民とは無関係な人間なのだった。けれども、だからといって、奴が、原を侮蔑《ぶべつ》していたわけではない。それどころか、交際が重なるうちに、十年に一人、現われるかどうかわからない貴重な友人になってきたのである。

「俺は、人を見るときにね、大体、現在や近年の職業はあまり気にしないんだ。ずっと以前の、たとえば小さい頃の顔つきとか、そういうものを想像してみる癖がある」

「それで、子供の頃の顔が出てきますか」

「ああ。肌が白くて、まァるい顔をしたかわいい少年だ。よく犯罪者の少年時代の教師がそんなことをいうだろ。おとなしくて、目立たないんだ。しかし、めったに泣かない。よく注意してみると、誰からも遠い距離をつくっている」

「貴方も、そうですか」

「俺は泣き虫だった。甘えん坊でね。劣等感のために、人前ではっきり自分の意見が述べられない」

「似てませんね」

「似てないんだ。自分の意見はいえないが、他人の意思に屈伏もしない。だから孤立する。俺はそんな子供だったよ」

原は黙っていた。

「君はちがう。まだよくわからないが、はっきりちがう。ところがね。そのちがうところをのぞくと、君と俺は、そっくりなんだよ」

虫喰仙次と奴は、同じようなことをやる。或いは、同じようなことをやらない。しかし、虫喰と、奴との中味は、いつも少しちがっている。ちがうというほどではないが、同じではない。虫喰の方が、やや実に近い。奴は、逆に虚の方に少し寄っている。

原完坊と奴とは、似たような中味を多く備えている。だが、やることが、ちがう。ちがうというほどでなくとも、同じではない。

しばらくして、奴は、原と一緒に大阪へ遊びに行った。原に誘われたので、一生懸命に競輪や麻雀をやって、その金を作った。奴は、原完坊を知って以来、無為中毒から立ち直りつつあった。

大阪では、まず南海電鉄の沿線に行き、八階建の市営アパートの前で、

「ちょっと、待っとってください」

そういわれて、奴は、子供が群がっている小公園の片隅に立って待っていた。

そのときから算えても十数年前のことだったが、友人と話をしており、その途中で、叔父貴の家があると友人がいい、叔父貴の家を友人が訪ねている間、前の細道をぶらぶら行ったり来たりして待っていた。そんなことを奴はうっすら憶《おも》いだしていた。

一時間しても二時間しても友人は出てこない。海端の漁師町に毛の生えたようなところだったが、奴は、海辺へ行ったりまた元の小道へ戻ったりしていた。その隙に、小道沿いの魚屋と駄菓子屋の親爺《おやじ》が交番に行って、巡査を連れてきた。町の者でない奴が、あまりうろうろするので気味わるがったのである。巡査の訊問を終えて、奴が小道に戻ってくると、友人が、叔父貴に酒を呑まされたといって、赤い顔をして出てきた。

原は、しかし、二十分ほどでアパートから出てきた。

「親戚かね」

「子供です」と彼はいった。「女房と、居ます」

「——君は、大阪に住んでるのか」

「いや、毎月一回、こちらに来ます。金を持ってね」

「東京でも、女と暮しているね」

「ええ——」

「いつも、郵便でなく、わざわざ届けるの」

「子供と会うためにね。もっとも子供はあたしのことがわからない」

「生まれたばかりなんだ」

「重症の身体障害児です」

「——いくつ？」

「普通なら、小学校に入る年かな」

「金がかかるね」

「だから、カミさんは子供にかかりきり。あたしは東京です。皆一緒に暮したら、一家心中ですよ」

そのとき、奴はそれほど深刻に受けとめなかった。大変だが、そう珍しいことではない。奴の縁者にもそういう児が一人居て、大変さをよく知っているともいえる。

「それにしちゃ、早かったね。もっとゆっくりしてればいいのに」

「これが最後の大阪行になればいいといつも思ってるんです。子供が死ねばね」

「捨てるわけにはいかないね」

「捨てられません。子供も、カミさんも」

「東京の女性は――」

「なんとかします」

「どういうふうに」

「あっちとか、こっちとか、いうわけにいきません。東京であたしがどんなことをやってるか知ってますか」

「知らない」

「実業はしてられません。そんな稼ぎじゃどうにもならない。で、東京に出てる。女が必要です。そこに皆、つながってるんです」

その夜、原完坊の知人が居る賽《さい》ホンビキの賭場《とば》にもぐりこんで明け方まで遊んだ。奴には、久しぶりの賭場だった。しかし、偶然が軸になる賽ホンビキだから、まァ遊んだというだけだ。ばくち自体はここに記すほどのことはない。

汽車の中で、原から、彼に関することをいろいろ訊いた。

原の家は、一族全部が高利貸しを家業としているのだという。幼い頃、彼はそのことにまず、拒否反応をおこした。両親を含めて親族すべてを嫌悪する。しかし、拒否して、それにかわる自然で順当な生活というものがイメージにならない。

母親は大美人で、彼が小学校低学年のときに、若い恋人を造り、出奔してしまう。父親が玄関の外まで泣いて追ったが、父親も子供たちも、無視された。

だから、小学生で、彼は自分の家とはちがう家庭の真似ごとのようなものを造る必要があったのだ。そうして、同時に外で荒れた。某という貸元が、原少年を見こんで、実子分にした。実子分というのは、その道で次の跡目を継ぐ者である。

学校へも生家へも寄りつかず、少年鑑別所の常連になったが、事情があって、その道へは入っていない。くわしく語れば、その履歴はまことに多彩をきわめている。しかし、堅気の仕事は一件もない。その間、東京には一度も根をおろしていないが、生家に仕送りを欠かさず続けている。

何故ならば、若い恋人に捨てられた母親が、父親の死後、また舞い戻って暮しているからである。

彼のその十年ほどの中に、一つだけ異彩を放つ履歴がある。

六〇年安保のとき、どういうきっかけでその気になったのか語らなかったが、ふっと東京に舞い戻り、国鉄某車線区に潜入して共産党オルグになった。

彼がオルグになって固めた地区はもっとも結束がとれ、強力な戦闘集団だったという。もうひとつ、その道で有名な若手のSと、関西時代コンビを組んでばくちを打っていることである。それで原が、若いのに、カミ旦とも知っていることが奴にも納得できた。

以上が、彼の略歴であるが、なんとなく、お芝居のストーリーをきいているようで、身近に感じられない読者も居るだろう。

東京駅からタクシーに乗ったとき、

「ちょっと、寄って行きませんか、お袋の家ですが」

と原がいった。

「近いの」

「麹町です」

家の前で車をおりて、奴は一驚した。

鬱蒼《うっそう》たる木立に囲まれ、門のところから母屋が見えないほどの大邸宅である。

木組みは古かったが、私たちがあがりこんでも、住んでる人の気配もなかった。

「これだけの資産があれば、苦労することはあるまいに」

「あたしは資産を受けません」

「何故――」

彼は笑った。

「働き手は、君一人か」

彼は多くを語らずに笑顔のままでいった。「ばくちで稼がなくちゃね。今度、いつか本格的なのをやりましょう」

「やっとわかったよ――」と奴はいった。

「何がですか」

「バランス。君はバランスが命綱。喜怒哀楽のどのひとつにも傾くことができない。そこが俺と似てるんだ。ちがうんだけど、似てるんだ」

「バランスが命綱、ね。あたしのはバランスじゃないですよ。幼いときからの本能ですよ。それが崩れたら、あたしは失くなっちゃう。でも、負けないですよ。あたしは崩れることはできないんだ」

原は、奴に近寄って、奴を呑みこむように笑ってみせた。

第二章　朝々昼々晩ばんばァん

続・原完坊——。

昭和三十年代の奴は、まだ阿佐田哲也という芸名をつけていなかった。しかし、特に近しい以前からの絆をのぞいて、本名も使っていない。奴の考えでは、本名は、他人に与える印象のうえで、少し響きが強すぎるように思えた。特に〝色〟という字が。

奴はまだ、自分のペースで開き直って生きる力を持たなかったから、せめて名前ぐらい周囲とマッチするアクのないものを使っていたかった。で、奴はごくありきたりの姓を使っていた。それは時折り恣意《しい》的に書いていた娯楽小説の筆名とも関係がない。とにかく、銀行で、通帳の名前を呼ばれて、淀《よど》みなく応ずる程度にその名前は奴の身についていた。

原完坊は、当時、その名前で奴を呼んでいたと思う。そうしてやがて阿佐田哲也という芸名が世間で定着するようになると、彼は素直に、阿佐田さん、と呼んだ。虫喰仙次は、初手は、奴の本名ともう一つの名前を混ぜて使った。そうして阿佐田哲也になって以後は、逆に本名でしか呼ばない。

原完坊は、名前の虚実などに最初からこだわっていないようであった。だいいち、原の名前だって本名かどうかもわからない。原は、いつもにこやかに、つまり無表情に、奴のいろいろな名前を呼んだ。

奴が原完坊と知り合った翌年に、西国の地方都市の銀行の現金輸送車が襲われた。奴はその事件に関与した様子はなかったが、しかしあらかじめ予想しており、その斬新な手口を見てきたように語った。

その集団の一回目の襲撃は成功し、それから四か月後、べつの地方都市で二度目が敢行されたが、このとき、その中の一人が突如、警察に自首して出て、その男の自首により、一味は芋《いも》づる式に検挙された。

原は、くっくっと笑いながら、そのニュースを新聞よりも早く、奴に知らせてくれた。

「どうもね、一人、おでこ（警察）に駈けこんだ奴が居ましてね」

「ほう、誰が――」

「飛行機で現金を運ぶ役目の男がですよ。当日、天候不順でね、飛行機が飛び立つのが三時間おくれた。その男は飛行場で、バッグを持ったまま三時間も考えこんで、結局、そのまま警察に行っちゃったんです」

奴も笑った。「そりゃァ、小説みたいな話だなァ」

「実行派は——」と原はいった。「ときどきそんな衝動に駆られるらしいですね。行動する人というのは、当然、意志があまり強くない。というか、刺激が強いから、意志を揺らしていないとバランスがとれないんでしょうね」

「二度、同じことをやる必要があったのだろうか。やる以上は、成功しているうちにやめるのが鉄則だろうが」

「二度やる必要が、多分、あったんでしょう。そのことの良否はともかくとして」

「猪突《ちょとつ》だね」

「ええ」

「その、駈けこんだ男は幾歳？」

「三十八です。年上だが、友人でした」

それは奴自身の年齢でもあった。

「その男に貸した金が、これでとれなくなった。すくなくとも十年以上待たなければね」

といって原はまた笑った。

「しかし、何故、それだけの実行家が、高利の金を借りるのだろう。借りるくらいなら、奪え、というふうに実行家は考えないのかね」

原完坊はまた、くっくっと際限なく笑った。

「借りるということは、すくなくとも返金の意志が多少はあるのだろう。それとも、借りる、という形で、奪ったつもりなのかな。だとすると、十年たっても返す気づかいはないね」

「貴方は現実として考えずに、馬鹿話、つまりゲームのようなつもりでしゃべっているからで、実際の世の中はそうじゃありません」

「そうかしら」

「そうですよ。実行家であれ、思索家であれ、高利貸しのところに、生活費は借りに来ません。また、調査して、生活費を借りに来ているようなら、貸しません。生活費は、実行することによって、或いは思索することによって、得るのです。高利貸しが用立てる金は、実行或いは思索するための必要経費なのです。これは簡単な常識ですよ。事業の運転資金だから、利子を払っても借りた方がよいという計算が成り立つ場合があるので、生活のためになしくずしに使う金を都合するのなら、利子どころか元金も払えない。奪うか、奪うに近い方法で手に入れるより仕方がないでしょうね」

「すると、ここに、ばくち打ちが居て、ばくちをするための元銭を借りたいという。貸しますか」

「ええ、貸します。あたしは、ばくちという種目も実行のうちに入れていますから。もちろん、能力を含む各種の調査評価をしたうえで、ですが」

「そのばくちで負けてハコテンになる場合もある。それでもいいの」

「よくはありませんね」

「貸すのは冒険でしょう」

「ばくちに限らず、そうですよ。高利貸しにも大中小と規模があって、大はおおむね安全な大の借主が居ます。小になるほど危険負担が高いですよ。あたしだって、大の奴等にとってかわって、もっと楽な商売がしたい。まァマラソンですがね。大の奴等が一軒ずつ、エラーで倒れるのを待ってるんですから」

「ただ、待ってるの」

「ただ待ってるわけでもありません。しかし実際には、それよりも今日の一件一件です。大中が相手にしない物件は、それだけ手数がかかってね」

「では、今度いつか、俺にばくちの元銭を貸して頂戴」

原はニヤニヤした。「ええ、いいですよ」

「無担保だが」

「その点はかまいません」

「負けたら返せないよ」

「そうとも限らないでしょう」

「いや、返せない」

「取る気なら取れますよ」

「だって、俺は身ひとつだもの」

「取る気なら取れますがね、そうするとは限りません。あたしとしては、全体を考えて、取るのが得策かどうかということがありますからね。でも、負けたらまたやればいいでしょう」

「また貸してくれるのか」

「そういうケースは多いですよ」

「――なるほど」と奴はうなずいた。「打ち切りにならないかぎり、道中《プロセス》だという考え方だな。それはばくち打ちの考えと同じだ」

「ばくちに限らないです。実行家は実行をやめちゃお話にならない」

原はまたひとしきり笑った。

「飛行機で三時間待たされて、警察へ飛びこんじゃう。こうトボケられるのが一番困るんだな。本人はその方がいっとき楽でしょうがね。あたしだってそうしたいと思うときがありますよ。でもそうしたんじゃ、すべてゼロでしょ。生きてるってのは、警察に飛びこまないってことなんだな。あたしの調査はね、その点の可能性に重きをおきますよ」

奴は、原完坊に金を借りることを、その頃、夢想していた。金そのものは、高利で借りるほどには必要としていなかった。奴は親もとに居候していたし、たいがいの出銭は、借りですますことができる。不体裁さえ気にしなければなんとか日々が送れるし、借りが溜《た》まっていってその末にどうしようともがいていたわけでもない。

奴が夢想していたのは、原から借金して、それが返せないときのことだった。返せなければ、また貸してくれる。それも返せなければ、また借りる。それも返せず、またまた借りる。そういうふうにして、原が、どこでどんな表情になるかを見たかった。

しかし、多分、原はどこまでいっても、ニコニコしているだろう。借金の重圧感に押しつぶされるのは此方だ。

それでは、借りるわけにはいかない。借金のみならず、ばくちも、原とはできない。

原は、たしかに、奴のところへ現われるたびに、浮世の一断面を、何事にも揺れない奇妙な顔つきで新鮮に語り、奴を圧倒した。奴はいっとき、いつも聴き手にまわっていた。そうして、言葉すくなく間にはさむ奴の発言は、いつも原に冷笑されているように思えた。

十歳以上も年下の原が、浮世経験だけは同世代の市民より格段の豊富さを誇っていた奴をはるかに越えているようだった。

原完坊の本業は何かというと、推定だが、高利貸しであろうと思う。だが、看板をかかげているわけでもなく、原がそういったわけでもない。

むしろ、看板をかかげているといえば、喫茶店であるが、それは仮面であると同時に、ノミ屋（ドリンク業）をやっているうえで、小口の客でも数多くつかむための手段にもなっているらしい。

ではノミ屋かというと、その部門は、競輪競馬から野球ばくち、国体から選挙の当落を賭けるに至るまで、原自身手を下さず、人にまかせているらしい。

犯罪手口を研究開発し、選挙に暗躍し、暴力団をいたぶり、市民たちをも計画的に喰おうとしているようにも見えるけれども、そのどれもが本業とも思えない。また、そんなことのいずれもが、口だけで、実際にやってるのかどうかさえ見当がつかない。

原自身は、その時点で一番の関心は、紙幣だ、といっていた。

「これは、一時的な本業にしてもいいと思っているんで、勉強してるんですがね」

ここ十年ぐらいは、紙幣の価値の落差を喰うのが一番強いという。日本の紙幣の枠内などたかのしれたことで、諸外国の紙幣の落差を喰うのだという。

「つまり、両替屋ですね。それをどのくらいギャング式にやれるかですよ。これからの戦争は、ギャングの戦争ですよ。この方向は将来性がありますね」

原はそういう夢のようなことをいうときに、いつも笑顔で、声を張らずにしゃべった。すると、二十七歳の原完坊なら、いつかその道で活躍しそうに思える。

原はまたこんなこともいった。

「高利貸しという商売は、利益を、掌に乗せてみることができないんですよ。すべて、観念。虚の世界。ちょうど、紙幣が紙っ切れで虚の物であるように——」

「それはどういうこと——?」

「何分何厘の利子で貸すでしょう。利子を数字にすることはできます。けれどもそれは帳簿のうえだけです。貸金が最後まで返金されたとき、その件では利益が実体として出たわけですが、他の件がひとつ、もつれたら、パーです」

「——なるほど」

「一件がこげついて返金されないとすると、こげついた元金の額だけ、他の件の利益がなくなってしまうわけでしょう」

「でも、危険負担は利子の額に含まれているだろう」

「ええ。だから利益がないとはいいませんがね。ですが、その摑《つか》み方がむずかしいんですよ。かりに百万円を月一割で貸すとしますね。すると月に十万円の利益ということはすぐにわかります。出来星の高利貸しは皆、よくそこでその気になってしまうんですよ。でも、本当にそれが確定するのは元金と利子が完済されたときなんです。元金の百万円はその時分、もう次の件、完済されなければなんともいえない一件で出動しているわけですから、時間が停止してしまわないかぎり、今、実際にどれだけの利益を手にしえたかがいつまでたってもわからないんですよ」

「なるほど」

「百万円を月に一割で貸した時点で、利をつかんだ気になったら、こんな危ないことはないんです。だって楽に返せる金なら、ぼく等のところに借りに来ませんからね。高利貸しはケチだといいますが、利益がわからないんですからね。ケチらざるをえないですよ。その点の意志を固くしていなければ、すぐに転んじゃいます」

「貴方はしかし、ちがうね」

「あたしもケチですよ」

「ふだんは合理的だが、しかし、ばくちをするよ」

「ええ。高利貸しが嫌いだから」

と原はいった。

「あたしが好きなのは、ばくちと――」

「女、だな」

「女というより、セックスですね」

「それでよく高利貸しがつとまるね」

「本物の高利貸しじゃないです」

原はその時分、方々の賭場《とば》に、実に勤勉に顔を出しているらしかったが、中でもわからないのは泡森京三とよくつるんで打っていることだった。

泡森が出張っていく先々で打ち合う。これは避けられないことだとしても、泡森が主催する盆や、泡森の誘いで一緒に地方を歩いたりしている。

泡森京三と契約し、同腹にでもなっているのでないかぎり、これは自殺行為のはずだった。まともに泡森と打ち合って有利に立ち廻ることはかなりむずかしい。そうして、原が泡森とコンビになっているとも考えられなかった。何故といって、それは泡森に利用されるだけで、おいしい可能性などあるはずはなく、原が飛びつくとは思えない。

そうすると、この組合せは、原が負けていることで、なお持続されている関係と思われる。

「――ええ、多少はね」

といって彼は笑った。

「泡森さんは難敵ですよ。なにしろ、五十年近くもあの世界でしのいでいる人だから。あの人一人じゃなくて、周辺もありますし」

「合理的じゃないね」

「ばくちじゃないことで、コロすのは、手がないこともないんですがね。そうしたくないんです。あたしも馬鹿だから。しのぎで勝ちたいですよ」

「ああそうか、君は――」と奴はいった。「そういう手もあるな」

「なんですか」

「資金《タマ》を廻してるだろう。泡森さんに。それなら多少負けても、利子で、揉んでいるうちに採算が合うな」

原は笑った。「その手は泡森さんにはちょっと不適当ですね。資金《タマ》を廻したら、それだけ弾みたって腕で返そうとするから。あの人に目標を与えるようなもんですよ」

「じゃァ、本当に、戦ってるのか」

「本当に戦ってるんです。これでもアツくなってるんでね。もうフラフラですよ」

原はあいかわらず笑顔でいった。

奴は、原の私宅にもよく遊びに行った。原は私宅にはあまり人を寄せつけようとしなかったから、多分それは例外の一人だったろう。原の母親の住む大豪邸でなく、東京の女と暮していたるマンションの方だ。

日本間と、大きなベッドのある寝室と、明治天皇が腰かけそうな古風な装飾の応接セットのある居間と、狭くはないがべつに豪華というほどでもない堅実なマンションだった。

女は、二十七、八の、地味なつくりの人で、昼間は信用金庫に勤めているという。

「なるほど、面白いね、信用金庫の女性ってのは、シャレのつもりかね」

「ぼくと一緒になってから、彼女が勤め先を変えたんですよ。つゆ子さんは――」と原は女をさんづけにした。「あたしより信用金庫の方が信用できるんでしょう」

原の笑顔にやや陰《かげ》りが加わった。

「彼女とも、もう四年近くです」

奴は、コーヒーをいれている女を眺めながらいった。

「大阪とは――」

「――八年」

「うん――」

「ばくちでくたくたになって、朝帰りするでしょう。そういうときセックスするのが好きでね、あたしは。しなくちゃ眠れないですよ。ところが、つゆ子さんは、そういうときでも、会社に行こうとしたりするんだ」

「君も若いね」

「そうですかね。ばくッ気が強いと女が不能になるなんていうけれど、信じられませんね。盆に居るときから、勝ちこんでくると、もう、立ってるんだ」

「負けてるときは？」

「カンカンです。立ってます。凶暴になるんですね。いや、そういう気を散らかすためじゃありません。雑にやったって意味ないですから。ばくちでヒリヒリしている気持に餡《あん》をかぶせるようにしていくんですね。これがいいんだな。そのかわり、平常はね――」

「ふだんは、やらない、か」

「ふだんは、食事より丁寧です。あたしは呑み喰いはたいして凝らない方なんだ」

「ケチなんですよ」とつゆ子もいう。

「贅肉《ぜいにく》がついてろくなことないですよ」と原。

「でも自分じゃ、どんどん使うんです」

「子供は――?」

「もちろん――」と原はいった。「彼女だって欲しがってませんよ」

つゆ子は、頑健そうだったが、このときも表情を動かさずにきいていた。

奴は、虫喰仙次を思いだした。虫喰は、同棲していた女を大決意のもとに切って、許婚者と結婚した。奴は、女を抱えているが、その前の女との間柄がきっちりとは片づいていない。原完坊は、大阪の妻子と東京の女を両方とりこんで微塵《みじん》もたじろがない。

原は、奴の巣へ来ているときも、奴の女にもよく自分の性生活の細部を話した。

「まず、日課として、二人一緒にきちんと入浴するんです」

「面倒くさいわ」

「ええ。だから、意志的にやるんですよ。面倒になれば何だってそうです。これも前戯のひとつですからね。それで、夜一回、朝一回、最低これくらいはやるようにしてください。歯をみがくように」

「あの人は歯もみがかないわ。それに、私だってそんな欲求はないの」

「旦那はそんなことないでしょう。カミ旦から昔のことをきいてますよ」

「アラ、どんなことを?」

「ばくちのことですがね。もともとは、そんな人じゃないはずだけど。ばくちから足を洗ったというのがいけないんでしょう」

「原さんとは年齢がちがうわ」

「ところでどうですかね――」と原が奴にいった。「伊豆で、カミ旦が個人的な盆を持つんですが、一緒にのぞいてみませんか」

「弾丸《たま》を廻してくれるかい」

「いいですよ」

「じゃァ、百万、放っておくれ」

「ええ――」

原完坊は数日後、利子を天引きして九十万の現金を持ってきた。

「月に一割か、存外安いね」

「いや。一晩、一割です。同じことでしょ」

「ちがうさ。負けたら、都合するのに何夜かかるかわからない」

「それで返せる当てがあるんですか」

「いいや」

「じゃ、同じです。また、放りますよ」

奴は笑った。原の言葉に隙はない。それで奴は、なおさら気持が燃えて、十五年ぶりに泡森京三の顔を見る気になった。

修羅場——。

伊豆の宿につくと、すぐ湯に入った。しかし、女は連れてこない。原も一人だった。

奴は湯に入ってから、盆茣蓙《ぼんござ》が敷いてある離室に行った。今夜の主敵を、泡森さんとも、カミ旦とも、呼ばなかった。

「久しぶりですね、おじさん——」

といった。しかし、べつに叔父甥《おい》の間柄ではない。

「さァさァこっちへ、正面に坐ってよ。よく出てきたね」

「もう忘れましたよ。フダごとは」

「同じだよ。あたしも耄碌《もうろく》してますよ」

客はいずれも東京の人で、原と奴を入れて六人。合力《ごうりき》と世話役の三人は、泡森の息のかかった者である。

奴は、酒や料理に手をつけず、盆茣蓙の端に坐って、だまってフダをくった。

手ホンビキ。ひとくちでいえば、一から六までのフダのうち、ひとつを親がえらぶ。子方《がわ》は親が何を選んだかを当てる遊びである。

日本の、というより世界じゅうのギャンブルで最高に技術が物いう種目であり、地獄の遊びでもある。

子方は、六点のうち、普通、三点乃至四点を張る。四点張れば、大（十二割）、中（六割）、トマリ（二割）、ツノ（マイナス二割）という順序でおき、上記のように配当額がちがう。かりに四点おいて右肩に一万円おくとすれば、四点のうちどれが当っても、元金は返って来て、そのうえに配当がくる。大が当れば一万二千円、中が当れば六千円、というふうに。四番目のツノが当った場合は配当がつかず、一万円の二割、二千円を親に払わなければならない。そうして残る二点のどちらかが親の選んだ目だった場合は、元金の一万円はとられてしまう。

三点張りなら、大（十五割）、中（十割）、トマリ（三割）と、多少配当がよいが、残る三点なら元金を親にとられてしまう。

張り方にはたくさんのヴァリエーションがあるが、それはそのつど説明しよう。

こういう小人数の盆ならば廻り胴（各自が交替で親をとること）が普通であるが、親の立場からいえば、一から六までのどの数字のフダを自分が選ぶか、子方に当てられたくない。子方からすれば親の考えを先取りして当てたい。そこにかけひきが生ずる。

この遊びは東映やくざ映画で藤純子などが演ずるのを見た方は居ても、市民はまずやる機会がなかろう。そこでこの読物をごらんになるのに必要な要素だけを、少しくわしく説明しておきたい。

一から六までの六つの数字を、でたらめに、或いは平均に、選んでいたのでは、並居る子方の誰かは当らなくとも、他の誰かが当ってしまうことになる。双方が偶然でやっている限り、意図的に勝ちを招くことにならない。偶然勝つかもしれないが、偶然負けるかもしれない。宝くじの如く、偶発的な条件だけでは大金を賭ける者は居ない。

では、六点の数字に可能性の濃淡をつけて、子方に出目を予想させるように仕向けなければならない。しかるのちに、親は、子方のその予想を裏切っていく。子方は親のその企みを見破っていく。

ごく単純な例をあげよう。たとえば、まずはじめに2というフダを親が選んだ。これを多くの子方が当てて、親の成績が大赤字になった。すると、2は、ゲンが悪い、子方の意識が2に集中している、などの理由で、親がすぐにはまた選びにくいのではないか。また逆に、子方がそう思うと判断してわざとすぐに選ぶのではないか。こういう思惑が生ずる。すくなくとも1 3 4 5 6と、2とは、同じあつかいにはならない。

子方は六点のうち一点を選ぶのではなくて（そういう張り方もできるが）三点乃至四点おくのが普通だから、怪しいと思ったらその四点のうちに加えればよろしい。

2が、子方が多くはずして、親にとって好成績だった場合も同じである。その数字の前の成績のイメージを、あとで、どんなふうにでも利用していくわけである。実戦では、5の次に2と出た。その2が悪かったから、今度5が出たあと、2は出しにくいだろう。（或いはわざと出すだろう）そういうふうに単数でなく数の配列で考え合っていく。

以上は数字を例にしたのであるが、実戦ではむしろ、モクオキ（図参照）と称する親の前の出目表を目安にすることが多い。数字の木フダが六つ並んでいる。親は出した数字を一番右へ持っていかなければならない。

一勝負ごとに右へ右へと持ってくるから、左へいけばいくほど近頃出なかった目ということになる。

子方の張り形

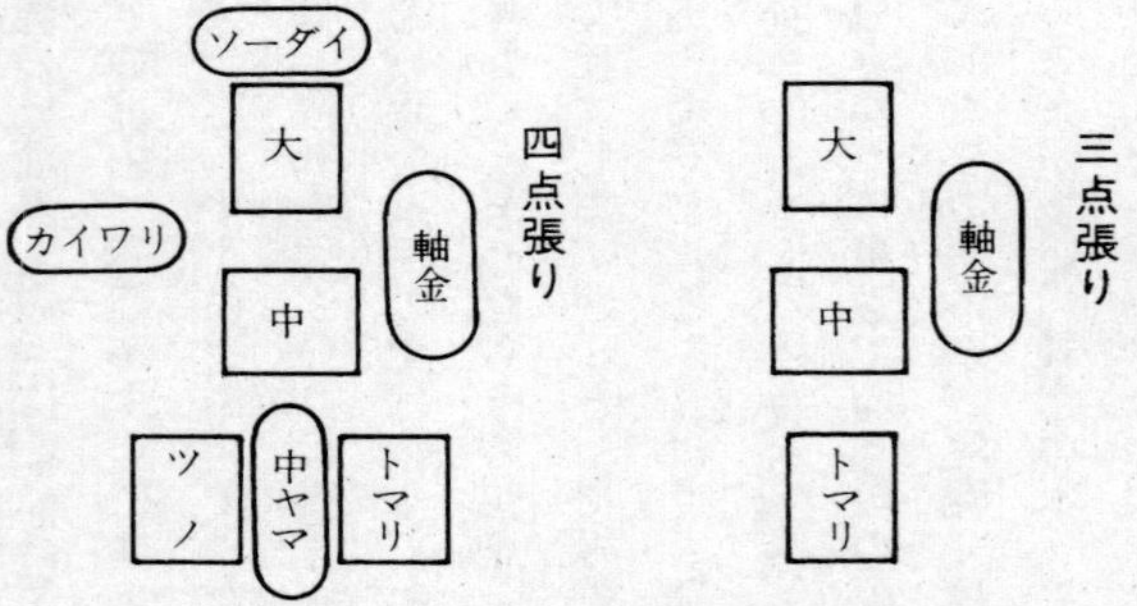

親側の配置

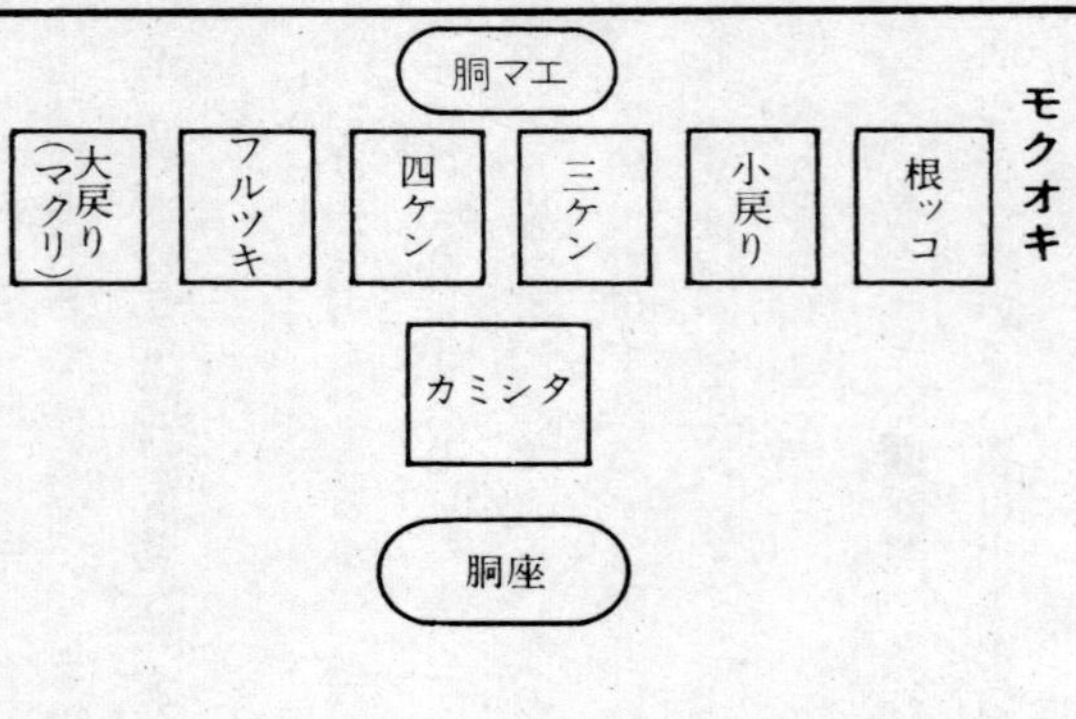

子方は大体四点ずつ張っている。張り金が文句なしに落ちるのは残りの二点のときだけで、あとは大体（ツノ以外は）配当がつくのだから、ちょっと見は親の方が損に見えるが、そうでもないのである。親からすると、配当率からいって、痛いのは上の二点（大か中）が当った場合で、下の二点なら当ってもなんということはない。つまり、上の二点で当てられるか、手に残った二点ではずすかという勝負なのである。

では、子方の手に残りそうな二点をいれればよいかというと、ここぞというときをのぞいて、手に残りそうな二点はかえって危険なのである。同じ考えを裏返しにすれば、見切り即ち本命にもなる理屈で、ある人は手に残すかもしれないが、別の人は大か中においてしまう可能性がある。

ここが決戦というとき以外は、ほとんどの子方が下の二点におくような目をポイントにした方がよい。

いい忘れたが、親はあらかじめ定額を胴座の前に出し、胴マエと称するこの金で子方と争う。胴マエがなくなれば（実際はもう少し複雑だが）親潰れで交代である。胴マエが増えている間は続行もよし、どこでやめてもかまわない。やめるのを〝胴を洗う〟という。

ごちゃごちゃと説明がうるさいが、ジャンケンを複雑にしたような心理ゲームと思って、どうぞおわかりいただきたい。

さて、モクオキには図のとおり、ひとつひとつの場所に名称がついていて、右から根《ね》（或いは根ッコ）、小戻り、三ケン、四ケン、フルツキ、大戻《もど》り（マクリ）となっている。前に記したように、六点を平均に出していては意図的な操作がしにくいので、右側の四点、乃至五点を交互に出していく、という方法をとることが多い。出し方に濃淡をつけていって、競馬などでいう死目をつくっていくのである。

もちろん、死目の方を、今度は出すぞ、出すぞ、と思わせておいて、やっぱり出さない。或いは、死目だな、と思わせておいて、不意に出す、というかけひきを含んでのことであるが。

以上の説明を総合してみると、モクオキの各個の場所が、自然に固有の性格を備えている、ということをおわかりになるだろうか。

六点並んでいるうち右側の三点を〝クチ〟、左側の三点を〝オク〟という。二点ずつに仕切って、〝クチ〟〝ナカ〟〝オク〟という場合もある。

クチの二点のうち、〝根〟は前回と同じ目を連続させるわけであるから、タイミングによって大勝か大敗かの可能性がある。危険度は高いが、盲点になったときを正確に選べば収穫も大きい。

隣りの〝小戻り〟も、根ッコほどではないが、そう頻繁に出さないだろうと思わせておいて、出す目である。子方の張りでいえば平常は押さえ目であるが、狙った場合大にも入り、その場合、皆の気が揃うことが多い。

ナカ目の二点は、まァ同じ性格の目で、クチの根、小戻り、ナカの三ケン、四ケン、ここまでは、おおむね親がよく選んで出した目といえよう。子方のもっとも正攻法の張りはここまでの四点をおいていくことなのである。したがって、皆が手に残すということは特別な場合をのぞいて無い。また、皆が大中におくということも、特別な場合をのぞいて少ない。特別な場合とは、ナカ目が狙いだと特に意識されたとき、或いはその逆のときである。普通は押さえの目であろう。関西では特にその傾向が強い。

オクの二点は、死目に属することが多いので、競馬でいう穴である。手に残すか、逆に大中におくという目だ。

手か、大か、つまり大勝か大敗の可能性が多い目は、強気の目、攻めの目、である。反対に、押さえ目を親が出すのは、弱気の目、守りの目、である。もちろんこれは基本で、状況によっていくらでも変る。

考えの一つのコツを示せば、親は、オクの二点を出す気配を示して警戒させ、子方が張りの四点の中にオクの目を組み入れざるを得ないようにする。その結果、クチ、ナカの目の中で、張る四点からはみだして手に残る数字を、出せばよい。

いや、そう簡単にはいかない。考え方の筋に沿って無数のヴァリエーションがあり、またその裏技がある。親は、強い目で攻める間に無難な守りの目を混入し、陣形を整えながら次第に子方の思考を乱していく。そうして自分のペースにし、新しい鬼手キメ球を使って仕上げるのである。

しかし子方の思考がリードしているときに、攻めていっても成功率がわるい。といって守りの目を出すと、そういうときこそ守りの目にポイントを合わされて狙われる。むずかしいのである。

いずれにせよ、無雑作に、無作為に、いいかげんに、目を選ぶことはできない。何故ならかなりの大金がいつも賭かっているからである。特別な資産家がやっているわけではない。むしろ血の出るような無理な金でお互い勝負している。だから考えに考えて必勝の手筋を造ろうとする。

だから、同時に、その心理や考えの筋を追って先くぐりすることも可能なのである。この遊びの極意は、(親の場合)無作為な小動きにある、といわれる。これは無雑作とはちがう。子方の思考が集中するところを避けて、しかも無意味なフダを選ぶのである。これは一種の悟りの境地であって、やはりなかなか技倆《ぎりよう》が要るのである。

ずっと以前は丁半やオイチョと同じく度胸張りのゲームで、〝サキ〟か〝オク〟か、偶数か奇数か、そして親が背後へ片手を廻してフダを選び、繰るときの手の運びで〝ウス〟(12

6）か〝アツ〟（345）か、という判断が主であったという。したがって、片手でフダを繰るときの微妙な時間のずれ、秒単位のちがいを読んだり、モクオキの数字の位置をたしかめるさりげない視線の動きを追ったりした。それが年月とともに思考のパターンを産み、新手鬼手が開発され、完璧な心理ゲームになった。

けれども現在でも、親の一挙一動に子方の眼は集中している。呼吸のたびに揺れる腹の具合を見、かすかな表情の色合い、足指や顳顬《こめかみ》など当人の意識がうすい部分の動きまで追って、気持の強弱を見る。一人一人の性格や思考の癖まで手に入れておく。

だからこの遊びは終始無言に近い。そうして、どんなに親しい仲でも、長年顔をつきあわせている相手でも、お互いの癖や欠点《きず》を指摘し教えることはありえない。一度教えて改められてしまえば、昨日までのデータがゼロに帰してしまう。

原完坊は、すぐる年、カミ旦こと泡森京三に、あんたのきずをひとつ教えるよ、といわれたそうである。

「まじめに、聴いたのかね」

「その頃ちょっと、弾丸《たま》を廻していて、コンビの色があったんでね。それに、あたしは、カミ旦の腕を尊敬してましたから」

「――で？」

「〃アッ〃（345）を振るときに、お前さんの瞳の黒い部分、黒眼が、すっと細くなるんだよ、そのきずを直しな、って」

「――――」

「そういえば、以前からよくカミ旦に喰われてたんですよ。そうかな、と思って、自分の部屋で鏡の前でやってみると、3や4のときに、どうも黒眼が細くなるんですね」

「気のせいだろう。そう思えばそう見える」

原は笑った。

「それから少したってね、カミ旦と敵味方のときに、やっぱり喰われるんですよ。眼は充分気をつけてるつもりなのに。――なんのことはない、最初からそんなきずなんかないんだ。いわれて意識するもんだから、逆にその気配が眼に出ちゃうんですよ――」

＊

奴は、しばらく坐って、形ばかり遊んでから、部屋の隅の膳に出ている料理のそばに行った。酒はやらなかったが、ゆっくりと喰べながら、横眼で皆の張り取りを眺《なが》めていた。

そうやってしばらく眺めている気だった。フダを握るのも久しいが、カミ旦をのぞく一座の誰とも初対面で、予備知識がない。それでは盲目張りになる。

もうひとつ、この遊びは、これまでの親が演じた振りざまを、うまく利用して効果をあげていくので、自然に各自の造ったストーリーが積み重ねられていく。そのストーリーの発端を眺めている気だった。

1、4、二回で早くも潰れてしまった親があった。

「アツいなァ。どっかきずがあったかい」

「いけねえさ。麻雀の筋だもの」

軽い笑声が起きた。次の親は、5、1、6、と無難に振ったあと、フルツキにあった4をひいて、これが好ツナ（成功した目）になった。しかし、その直後の小戻《こもど》りの6がいけなかった。親はちょっと動揺したらしく、新目の3に飛んで、これがもろに狙われてしまい、万事休すだった。

次の親は、初ツナがやはり2、次に5を振った。麻雀の筋である。これが絶妙のツナになって、どっと胴マエが増えた。単純な仕かけだが、前者の災厄をうまく利したのである。その親は五番ひいて、さらに胴マエを増やし、洗った。

次が泡森の親だった。

「さァ、真打ち登場だ――」

という声があがった。泡森はにこやかに胴座に坐り、軽く一揖《いちゆう》し、皆が張り終るのを待って、初ツナをあけた。1だった。

まァまァの成績だ。奴は、膳のそばで固唾《かたず》を呑んで次の目《ツナ》が開くのを待った。

「はい、手を切ってください、——勝負」

という合力《ごうりき》の声で、泡森が膝前のフダを忍ばせた手拭《かみした》いを開いた。根の1だった。

「中も1です。好ぃツナ——！」

と合力がいった。

初手からの根ッコなど、初心者じみた工夫なのだが、この場合は、麻雀の筋の、14、25、の吉凶という印象が座に強くて、同じく1を出し、ぬけぬけと4と来るか、それともはずして他の目を振るか、という判断に座がこだわった。初心者じみているだけに根ッコはその分だけ無視されていた。

泡森はしかし無表情で次のツナを速いテンポで入れ、膝前においた。

奴は、張らなかったが、張ったつもりで、頭の中でフダを取捨した。4はいち早く捨てた。まだ1以外に触れてはいないが、モクオキのフルツキの場所にある5も見切った。残りの四点で考えているうち、前の親の最終目3も切った。奴は、2を大に、6を中に、おいたつもりになった。

勝負、の声で、開かれた目は、やはり根の1だった。二番根ッコなどめったに成功しないパターンにもかかわらず、これも好ぃツナになった。子方《がわ》の空気は、一度は根ッコで小股《こまた》を掬《すく》っておいて、今度は初ツナに1を選んだ主題を振ってくるだろう、という感じに受けとめていた。そのためまたしても、麻雀の筋か、否か、にこだわったのである。

泡森は、一揖《いちゆう》して、

「悪いことをしました。時間を喰うので、これで洗わせて貰います」

出張先の泡森なら、この勢いで胴マエを倍にも三倍にも増やしていったろう。しかしこれは彼主催の盆で、張り取りで稼がなくともテラ銭で充分収入になるのである。初手からコロしにかからずに、客を遊ばせるのだ、という配慮で軽く退いた気配だった。

「こわい場主だよ。もうフラフラだァ」

と原が、座の中から奴に笑いかけた。

なるほどな、というように奴も頷いた。

遠慮しながら軽く親をした、と見せかけて、111、洗い、という張り目は短期決戦の烈しい目《ツナ》なのである。111、とくれば、次の振り目こそひどくむずかしい。最初から、良くても悪くてもここで洗う気で、そういうウルトラCを立派に演じて見せたのだった。

次の親は原で、彼は泡森が目を片寄らせたのとはまったくペースを変えて、自在に目を散らし、死目を造らず六点出した。けれども場所のうえで根と四ケンには手を触れなかった。

根ッコは、どこかで効果的に使ってくるだろうという子方の読みをはずして手を触れない。

一進一退を続けながら十回以上ひき続けているうちに、さっと四ケンを出した。小動きしながら来たペースをそこで変えて、四ケン、四ケン、と続けてひいた。後半はいつのまにか左端の大戻りにずっと手がいかず、ここと根ッコをころして、あとの四点を小動きしていった。原のは対照的に長い親だったが、うまくまとめて三十万ほど浮かして洗った。

こういうふうに記しているときりがないが、この遊びを記すには、順を追っていかないと醍醐味が出しにくい。

奴は、泡森をのぞけば、原と、先刻の、ずばっと25を出した男が今夜の敵で、あとの連中はケイ太郎（カモ）だと思った。もっとも、この世界に明るいヴェテランなら、泡森京三の盆にうかうかと出てきたりはしないのである。

まもなく、奴も本格的に場に坐った。先刻の14で早々に潰れた親のときは、初ツナが4だったので、念のため原に、筋の1を見せて、

「次は、これが入るかね」ときいた。

原はだまって首を横に振った。そのとおり、1は入らず、悪い目を選んでやはり二回目で玉砕した。

「ツイてないなァ、アタマにきた——」

とその親はいったが、ツキのせいではなく、思考が子方を抜けなかっただけの話だ。

泡森は張り方に加わらず、合力を買って出ている。落伍者が出て張りがやや淋しくなる深夜から早朝にかけて、賑やかしと称して登場してくるだろう。

すでに、主催者側がダンボールに用意した十万円ずつ束《ズク》にした廻銭がぽんぽん飛んでいた。弱兵に弾丸《たま》を補強するが、結局は効果はない。一座の強い方に吸いとられ、一方またむなしくテラ銭と化していく。奴も、原も、前半はその弱兵を狙って競うように喰い漁《あさ》った。見知らぬ人のせいもあったが、弱兵が人間でなく、餌の鯵《あじ》のように思える。

それは後半に泡森が登場してくるのを知っており、結局、泡森を含めた強い者同士のしのぎになるからである。そのときのために力を貯える気であり、奴に限らず、原もその気がまえは同じだった。

奴も原も、弱い親とみると、胴マエいっぱいに見合う額を争って張った。

そうして、奴の最初の親。

「さァ、この親を待ってたんだ」

といって原が笑った。

奴は六点の引きフダを摑んだ右手をにゅっと子方《がわ》に向けて差しだし、

「入らせて貰います――」

と低くいった。すると眼がきつくすわるのが自分でもわかった。奴の顔からも、原の顔からも笑いが消えた。

初ツナは5、二番ツナは、2だった。原は二度とも手をおろしていない（張らないこと）。慎重に奴の出方を見守るように眺めていた。実際のところ、かけひきが本格的におこなわれだすのは三番ツナのあたりからなのだ。

「さァ、あたしも少し張ってみるかな」

泡森がいつのまにか横手の席についていた。奴は首だけ泡森の方に向けて眼を和ませた。

ようし、来い——。

小戻りの5を入れようと思っていたのが、この瞬間に変った。奴は、一番左端、マクリの3を入れた。オクの二点はどちらも穴目だが、フルツキの方がヒネリ球であり、つまりヒネっただけ弱気な守りの目といえる。マクリは穴目として正攻法で、強気の目だ。泡森が居るのなら、ヒネリ球はうまくミートされる。こんなときは豪速球でいくべし。

ところが、泡森は一点だけを伏せて膝前におき、それに二万円賭けた。

「スイチ（一点張り）なの」

「ああ。久しぶりで、わからん。しばらく様子見だ」

いけなかったかな、と奴は思った。スイチでくるとは思わなかったが、一点にしぼられると、マクリはかえって絵が合ってしまったかもしれない。一点にしぼるときは、性格の強い目にな

をさげた。

3を見て、原が、中を当てた。他にもぱらぱらと当てられている。泡森はだまって張りフダをさげた。

泡森がはずれても落ちるのは二万円だけで、親の収支は支出の方が多い。けれども奴は、むしろ、ほっとした。スイチに当てられてたまるか。

大張りは原と、もう一人マークしている禿頭《はげあたま》である。ここをマークして、はずすようにするのが正道である。だが、何故か、泡森の方に神経が行く。泡森に、甘い客あつかいをされるのは耐えられない。それに、今度は泡森も、本格的に四点張ってくるだろう。

奴は次の目で、また少し迷った。

マクリはもう一度ひいてみる手をまっ先に考えた。しかしこれは、泡森の大に来そうな気がする。クチの二点も危ない。

今、マクリが悪いツナになっているので、場の視線は飛ぶと見ているだろう。飛ぶとして、どこに飛べるか。

そういう考えが、すでに守りの形になっている。

奴は、フルツキの6を入れた。

泡森は、またスイチ。

スイチは当れば四・五倍で、破壊力があるが、その一点以外なら軸金が落ちてしまうので、保険がない。その点で非常に不利な張り方なのだ。

「なめてるんだね、おじさん」

「いや、わからないんだ。見《ケン》しててもいいんだがね。二万円ぐらい捨ててるよ。まだ夜は長い」

フルツキの6は、いいツナになった。泡森も落ちたし、禿頭も手だ。原はトマリ。他の連中もパラパラと下があいた程度。やはり皆の気はクチの方に行っていたらしい。

次の目は、本来なら依然オクを入れるべきであろう。いいうちは飛ぶな、というセオリーがある。

しかし、今度は、オクの二点は泡森のスイチに狙われる。今だって、泡森だけは、マクリをおいていたのではなかろうか。

奴はナカ目を入れることにした。三ケンと四ケンでは、右側の三ケンの方が強い目で、四ケンは無難なかわし目である。ナカ目なら、他はともかく、泡森のスイチははずせる。

三ケンの2。

泡森がまた一点を裏にしておいた。そうして半端な一万円がなくなっていたので、十万円の札束《ズク》を投げだすようにおいた。

「ええい、サービス――！」

「いかん、おじさんのところへ吸いこまれそうだよ」と奴は笑った。

「なんの。スイチが当るわけはないよ」

勝負――。泡森のおいたスイチは、三ケンの2だった。

原も大があいたが、奴は、ほとんどそっちを見ていなかった。

胴マエにかなり貯まっていた札束を、合力が数えている。泡森一人に四十五万円持っていかれる。

親、潰滅である。

その瞬間、奴は、すべてを気づいた。一瞬後ではおそい。しかし、眼がさめた思いだった。

奴はそのとき、本当に、若い頃ふったぎった修羅場の気分に戻ったのだった。

泡森は、スイチで、親の気持を誘導したのである。スイチを重ねることによって、スイチに当りそうな強い目を親に入れさせない。親はスイチが狙いそうもないところを入れてくる。泡森自身は、最初からそこで網を張っているのである。

この局面でいえば、泡森の判断は、親と同じく、ナカ目の三ケンか、四ケンか、というだけのことであったのだ。

親潰れの出費など、ここに気づかせてくれたことにくらべれば、なにほどのこともない。

奴は、子方《がわ》の席に戻って、眼をつぶり、声に出さずに、呪文のように唱えた。

（――この遊びは、当人の思考を当てていく遊びじゃないんだ。そんなものなんかであるものか。他人の思考を誘導していく知恵のぶつかり合いなんだ）

（他人の思考を野放しにしておいて、あとから追っかけるのでは、強い奴に勝てるもんか。他人の思考を虜《とりこ》にするんだ。その方策を全身で考え、ぶつけあう遊びなんだ。それができる奴が、強い奴なんだ――）

再び、奴――。

今頃おことわりするが、この一篇には、女など出てきません。

そういえば、奴の、阿佐田哲也の麻雀小説にも、女は出てこなかった。初期にほんの飾り程度に出てくるものもあるが、それは主に、出版社側の意向を忖度《そんたく》したせいだ。しかし、奴は、本格的にばくち小説を書くとすれば、女など不要と思っていた。ありきたりの娯楽小説なみに女を登場させたりすることによって、読者の中の本格のばくちマニアから軽侮されることを恐れたのだった。

だが、まァそのことはちょっとおいて、泡森とぶつかり合ったあの夜の顚末を簡単に記しておこう。

前章で、その夜の次第をくわしく記して、後半の煮えたぎる場面を再現してみたいと思ったが、そんなことをしたら、それだけで一冊の本になるほどのスペースが必要になってきた。で、思いきってすッ飛ばしてしまう。なに、どうせ出たとこ勝負で、私の恣意であっちこっち記し散らしているのであるから、叙述の予定が狂おうと、べつにかまわないのである。

結局、コロされる者はコロされて、泡森、原、禿頭、深傷にも屈せずねばった商家の息子、それに奴、この五人で、翌日の昼すぎまで戦った。

客観的にいって、原も奴も、健闘したと思う。泡森京三に場主だという遠慮がややあったにせよ、二人とも無傷のうえにいくらか増やして東京に帰ってきた。

奴は、巣に戻って金を算《かぞ》え、百万円を原に返金した。そうして、手に残った札束をひらひらと振った。

「これは、虚そのものさ」

「ええ――」

「こんなもの浮きでもなんでもない」

「道中《プロセス》でしょう。それはわかってます」

「しかし、虚でなくて、実も、たしかにあった。昨夜、俺は何度も、カミ旦に完敗している。

それははっきりした事実さ」

「カミ旦の親もかなり喰いましたよ」

「俺の喰いかたは、プロセスの一景にすぎない。そういう喰いかただ。だが、負けた方は完敗さ。それはカミ旦が知ってる」

「どういうことですか」

奴は笑って、話そうとはしなかった。

しかし三日ほどして、奴は原に電話をかけた。

「また、玩具《おもちゃ》（金）を刷って（貸して）おくれ」

「どうするんです」

「どこかの盆に行ってみよう」

原はくっくっと笑った。

「気合が出てきましたね」

「ああ、始末がわるいことになってきた」

原と二人で、あっちこっちの盆に行った。常盆の場合もあるし、臨時の集まりもある。この種目は大体関西以西で盛んだったものだが、その頃は東京でも、だいぶ場が増えていた。おかしなことに、三十代の後半になって、急に第二の青春を迎えたような騒ぎになった。そうして勝ちこむ夜もあるかわりに、負けが重なる夜もある。なにしろこの遊びは、テラ銭が高くて、回を重ねていると浮くことは至難なのである。

奴の夢想が、現実になった。きわめて徐々にではあったが、原に対して借金が溜まる。

それは少しもへこたれない。奴は勝負事以外に返金の当てなどなかったし、そこでへこたれてしまっては、すべてに負けと同じである。

「原くんは、どのくらい資産があるの」

「何故ですか」

「こうやってどんどん借りて行って、どこまでいけば親潰れかと思ってさ」

原は笑った。「潰れる前に、洗いますよ」

「しかし、洗えば、元金はとれないぜ」

「取ろうと思えば取れます。人間は誰だって一人で生きてるわけじゃないですからね。貴方のまわりからでも取れますよ」

「まわりは払うまいよ」

「そうでもないですよ。取れる範囲でお貸ししてます。だいいち、まだそんな段階じゃ全然ないじゃないですか」

「だからさ、早くそうなってみたいんだ。俺は君を敵として愛してる」

「あたしもですがね。そうなってみたって仕方がないでしょう」

「いや、原くんとなら、借金で濛々《もうもう》として世界が見えなくなってしまうくらいに、じたばたしてみたい」

「カミ旦ゆずりですね」

「カミ旦もそうかね」

「そんなことをいってる人が、そうなったためしはないんだ」

そんな頃に、麻雀小説の話が起きてきたのだった。

企画者はYという編集者で、虫喰仙次に心酔し、弟分を自任している男だった。Yはその企画を既成作家でやろうとしたが、相談を持ちかけた中の一人が頷《うなず》かなかった。Yは策に窮して代打者に奴を思いだした。

その思いつきにYは酔った。充分冒険であり、充分奇嬌《ききょう》だったからだ。話が決まってから、奴が虫喰仙次と行きあったとき、虫喰は不思議そうにいった。

「お前は、渋ると思ったがな」

「どうしてだい」

「だって、週刊誌の小説ってのは、相当な労働だぜ。実直な奴のやることだ」

「俺は実直だぜ。やる気になれば」

「どうして、やる気になった」

　奴は笑った。動機は説明できない。

「そりゃァ、今まで、何故、何もやらなかったかって説明からしなくちゃならないから、むずかしいな」

「俺はこの企画に賛成してるんだ」と虫喰はいった。「雑誌というか、社のためにはな、きっとなるだろうよ。しかしお前の方に、ためになるかね」

「ためになるって、どんなことだ。俺は今、金が要るよ」

「金のかかる女でもできたかい」

「生活費じゃない。生活費なら、奪うよ」

　奴は、原の受け売りをした。

「事業に注入する金さ。利子を払うかわりに労働するんだ」

「事業――?」

「ははは、事業で泥にまみれたいのさ。あっちこっちじたばたしてもがいてみたいんだ」

　虫喰はうまく言葉を受けとめられずに苦笑した。

「俺はその車券は買わんね」

「そうだろうな。しかし、そういうわけだから、新人作家並みのギャラじゃことわるぜ。俺は小説書きじゃない。ばくち打ちだ。はした金じゃ働くもんか」

「ばくち打ちというランクは、社にはないんだ」

「しかし、小説書きの小説でもないよ。こいつは世界じゅうで、俺にしか書けないものなんだ。堅気のランクでことを計るなよ」

奴は、妙に昂揚《こうよう》していた。その時分、打って変って、無為な時間というものをあまりすごしていない。競輪も、麻雀も、ポーカーも、チンチロリンも、酒も、昼寝も、あまりしていなかった。

Yが、作者名をどうするか、といって奴の巣に来たときも、奴は戦い抜いて朝帰りしたばかりだった。

「正午までに名前をきめて社へ戻らないとね、新聞の広告原稿をつくらなくちゃならないんだ」

「じゃァ、朝田夜明太ってのはどうかね」

「あさだよあけだ——、語呂《ごろ》がもうひとつわるいね」

「あさだてつやだ、ってのは」

「おしまいの、だ、は要らないんじゃない」

「朝寝朝酒朝湯が大好きで、か。悪徳を名前にするってのは面白いな。ギャングの名前だからな。アル・カポネってのは、字義をただすとどんな意味になるんだろう」

「存外まともなんじゃないの。アルは、アルフレッド、かな」

「アルコールのアル、じゃないか」

「なるほどね、カポネは？」

「かっぱいじゃうんじゃないか。カッパギ（総取り）のアルさ」

「アルコール・カッパギかね、あれは」

字面だけは市民的に、阿佐田哲也、とした。どうせキワ物で、これまでと同じように一時的な名前のつもりだった。

ところがそれがそういかなくなったのである。その雑誌がちょうどその時期に、娯楽週刊誌としては大幅に部数を伸ばした。奴の小説のせいだったかどうか、確証はない。多分、これのせいだろう、ということになったらしい。

アンコールの要求が来た。麻雀放浪記という外題で半年間連載するという契約だったが、途中でそれは青春篇と銘うたれ、第一部という形になった。そういうふうに続篇がつくられて成功したためしはないといわれるが、ご多分に洩れず、新鮮だったのは第一作だけで、あとは余光だった。

けれども当時、そうした読物が珍しかったせいでもあったろう。劇画の興隆期でいわゆる娯楽小説は下降線のときだったが、若者の読者が当分がっちりついてくれた。単行本も、宣伝をしないその社のものとしてはよく売れた。原稿料もすぐ倍になり、三倍、五倍にハネあがった。それで呑み屋のツケなどはアッというまに払えた。

もっとも、だから奴の生活が楽になったかというと、これが大笑いで、原稿料だの印税だのというものは、いくら入ろうが鼻クソぐらいのものでしかない。なにしろ一方で、一夜に百万単位の張り取りをしているのである。では、そんな大金をやりとりしているのだから、出版社からのギャラなど眼中にないかというと、少しもそんなことはない。

そういうものは皆、借金を下敷きにしてやっているので、ばくち場の中でこそ、札束を鼻《ズ》ッ紙《ク》のように張っているが、一歩外に出れば、三百円の飯にしようか五百円のにしようかと思いなやんでいるのである。

送ってきた原稿料を、そっくり原完坊に利子としていれたとき、原は笑っていった。

「そうら、じたばたしだしたでしょう。金を借りると、誰だって、とにかく返したいと思うんですよ」

「いや、返したいとは思わないが、とにかく借金だからね。これは虚の世界だ、というわけにもいかない」

「弱気ですね」

「ああ——」

「でも、まともに働いた銭で、ばくちの借りを返すなんて馬鹿らしいですよ。銭の計り方がちがうんだから、あんまりそんな気をおこさない方がいいです」

「そうすると、利子が溜まるだけ溜まる」

「いいじゃないですか。ばくちで勝てば。働いてなんかいたら、ばくちは駄目ですよ」

「もっとも、まともな働きともいえない。心を刻むようにして仕事をしてるわけじゃないからね」

それは奴のいうとおりだった。心を刻もうにもそのヒマがない。一週間に五日は巣に戻っていない。残りの二日で、なぐり書きをする。筋もなんにも定まっていない。もっとも評判のよかった第一作も、前半はいいかげんなことをその週の即興で書きつらねた。後半、出目徳という人物を出すにおよんで、なんとか恰好がついた。三作目、四作目ぐらいになると、なんとかなるだろうと思っているうちに契約回数が来てしまって、なんともならずに終ってしまう。原稿書きとして風上におけないが、奴はその以前も以後も含めて、例外なく一夜漬けになってしまう。稽古もしないし推敲もしない。もっともそういう即興だからこそ、身体の本音がどこかに出ているといえなくもない。

その週刊誌との契約は一年のうち六か月だけ麻雀小説を連載するということだったが、十年近くそうしていて、十冊余りの本ができた。つまり、他の雑誌には、観戦記や短文以外、なんの仕事もしていない。あとの半年はまるまる遊んでいた。小説で売っていく気ならば、小説雑誌に売りこむ必要があったろうが、奴にはそんな気がまるでなかった。かりにその気があったとしても、ヒマがない。

ただ、途中から少し気がかわった。神妙になったわけではない。その逆で、乗りかかった麻雀という世界を使って、新しい遊びを思いついたようだった。

続・虫喰仙次――。

虫喰仙次は、その頃、編集部ではなくて、肩書はたしか、総務部長だったと思う。もっともこういう肩書は、表面の体裁だけで同一に計りがたい。あけすけにいえば、経営者のスポークスマンという役どころだった。

虫喰よりも先輩の社員は、いずれも多少の迫害を受けて大部分は社を去っていた。創立者である当時の経営者が、古手の社員が社の中で勢力を増すことを怖れて、閑職へ追いやってしまう。

そうしてつくづく眺めてみると、閑職に居るのであるからその古手はあまり立ち働いていない。役に立たない古手に高給を払っているのが口惜しい。で、給料をダウンしてますます閑職に左遷する。

だからますます役に立ちようがない。そこでもう一文も払う気がなくなる。経営者は一人で激昂《げっこう》して、お前のような役立たずは早くどこかへ去ってしまえ、という。

玉井という心優しい社員が居た。働き者ではなかったが、特に不都合があったわけではない。若い頃、新劇の研究生だったことがあり、声がよくてセリフのツブが立つ。

創立記念日や、新年の席などで、玉井は社員代表として、経営者に捧げる祝辞を読みあげるのが常だった。玉井の祝辞は朗々たる節がつき、かと思えば声涙ともにくだり、彼自身も自分の声に感動して涙を流す。経営者の身内で不幸があったとき、玉井の弔辞は最高の出来で、経営者の顔も涙でくちゃくちゃになった。

玉井は経営者に気に入られていると信じて、その私邸にもよく出入りし、自分の結婚の際の仲人にもなって貰った。

そうしてある日、編集長を解任され、総務部長となった。玉井は素直だが、悪気のない人物で、経営者の意を汲んで動くことができない。三か月でそのポストを他の古手社員に奪われ、ただの社長室付きになった。

経営者は玉井を、鞄《かばん》持ち的人物と見ていたらしいが、それとは少しちがうので、玉井は玉井自身の特質に酔って声涙くだっていただけなのである。

経営者はその出版社の利益を流用して、ラブホテルだの地方向けの薬品会社だのこしらえていた。ラブホテルのマネージャーが必要になって、玉井をそちらに廻した。本音は退社させたかったのだが、玉井は男泣きに泣いたのである。

玉井は蝶ネクタイをつけて、ホテルの帳場に立った。しかしこれも専門職であり、昨日まで雑誌の編集長だった者が適格であるわけはない。ちょうどそのとき、玉井の妻君が急死した。

その葬儀の折りに、経営者がこういったという。

「今度は大変だったね。君もさぞ気落ちしただろう。実は今月いっぱいでやめて貰うつもりだったが、こんなときだし、もう三月ほど居てもいいよ。これは香典がわりの、儂《わし》の気持だ――」

何故、他社に転出することを考えないんだ、どこかあるはずだぜ、どうしてもなかったら、ラブホテルぐらいそれからだって勤められる。と奴はいったが、玉井は、そうかなァ、と首をひねった。

しかし、結局退社させられてからしばらくして、他の出版社に入社した。

虫喰も、それに似たコースに入りかけていた。もっとも彼の場合、謀反の経験もあり、経営者は、鞄持ちでなく毒虫と見ていた。それで経営者も虫喰の生かし方を玉井のときよりは慎重に考えていた。

但し、配転のとき、虫喰も赤い眼をして社長室から出てきたという。

あの虫喰が――と奴は思った。涙を流したとすれば、それは演技か、本音か。

奴は、そのことは口にしなかったが、レース展開はどうなるかね、とだけ訊《き》いた。

「こうなったら――」と苦笑しながら虫喰がいった。「組合を作って貰うよ、社員たちに。そうすれば俺の仕事が増える。労務担当だ。ただその場合、敵は社長だけじゃなくて、社長と組合にはさまれる」

「敵は一方だけより、二方向の方がいい。お前としては、バランスがとれて」

「バランスとっても仕方がないさ。守るだけじゃな」

「攻めるが勝か。しかし、どう攻める」

「わからん。穴場が閉まる頃までにどの車券を買うか考えるよ」

「いずれにしても、八百長だな」

「組合はどうだろう。芽としてどうかね」

「俺は知らん。社員じゃない」

「お前は知ってるだろう。行けそうか」

「俺はスタンドの人間だよ。俺もこれから車券を買うところだ。但し、今回はお前を買うとは限らない」

「一点買いの必要はないだろう。どっちかで勝負して、どっちかを押さえる」

「当ると、俺はどういう儲けがあるのかな」

「お前は賞金じゃないだろう。ただ八百長が楽しみなんだろう」

ある日、虫喰から連絡があり、奴は社のそばの喫茶店に行った。

「社長が、やめたよ」

「――会社をか」

「ああ、いっさいから手を引くそうだ」

「何故――」

「組合ができたからだとさ」

「考えられないな。社は黒字なんだろう」

「あの人の場合、考えられなくもないんだ。つまり、もう勝手に美味《うま》い汁を吸いあげる時期はすぎたと見てるんだな。一族を含めて、とりこめるだけとりこんだしね。前からいってたよ、面倒くさくなりゃ、すぐに会社やめるぞ、ってな」

「面白いなァ。面倒くさけりゃやめちゃうってのはいい。市民の考え方じゃないな」

「しかし市民てのも、真面目だとは限らんからな」

「でも、悪さに素人と玄人の差はあるな。面倒くさいからやめて、俺は他のことをするよ、とはなかなかいえないぜ。たとえそうしたくても」

「取りこんでないからいえないだけさ。たとえばだぜ。会社の金でビルをおったてといて、名義は社長個人になってるんだ。そうして会社は名義人に五百万も毎月家賃を払ってる。一事が万事、税金の操作もうまいよ」

「それじゃァ今までだって社長追い落しぐらいできたじゃないか」

「名目はいくらだってあるさ。実行派が居ない。誰が猫の首に鈴をつけるかだ」

「じゃァ、社長にすべてうまくやられちゃったわけだな」

「そういうことになるな。今までのところは」

「で、社はどうなる」

「社長が持株を、銀行に売ったんだ」

「持株はどのくらいあったの」

「一族で、全部」

奴は笑い、虫喰も笑った。

「お前は何をしてたんだ」

「俺は指定席をおとなしく廻っていただけさ」

「五、六番手をか」

「それも近頃はセリこまれて、インコースに押しこめられていた」

「今度はちがうな」

「さァ、な――」

虫喰は表情を隠すように床に視線をおとした。

「社長一族が抜けるんだろう。それでまだ、お前より前を廻る選手は誰だ」

「銀行から入ってくる。A級下りの選手が」

「傀儡《かいらい》政権か、何人来る」

「わからん。一人や二人じゃなかろう」

「面白いな」

「たいして面白くないんだ。目標が変ったというだけだから」

「だが、番手争いのいいチャンスだろう。お前は仕かけるよ。会社《バンク》は走りなれてるし、独特のハンドルさばきもある。銀行屋に負けていられるかい」

「銀行が直接来るわけじゃない。銀行は表向き、無関係の顔をしているよ。万一ぽしゃったときに傷がつかないように。傀儡は本物の傀儡がくるんだ」

「余計面白いじゃないか。落車させてやれ。鎖骨骨折くらいさせちまえ」

「お前はノウ天気だが、実際は競輪ほど単純じゃないよ。資本と組織の世界だ。素手の俺に何ができる」

「お前に、資本と組織で戦えなんていってやしないぜ。お前はお前のやり方でやればいい。組合は組合のやり方がある。けッ、俺は何をいってるんだ。俺がお前をアジってるわけじゃねえ。お前のセリフを俺が代弁してるんだ」

「俺は素手だぜ」

「だからいい」

「何故──」

「ギャングになれる。自分一人の戦いができるよ」

「俺はギャングじゃない」

「しかし相手も市民じゃない。資本家だのその傀儡が市民であるものか。ギャング対ギャングだ。これはレースになる」

「俺はギャングになれない」

「ギャングになったり市民になったりすればいい。資本家もギャングと市民を使いわけている。そのくらいの使いわけはできる。お前は昔、競輪場でこういったろう。虚にして実、実にして虚、その模様を正確に呑みこむことが、この遊びの極意だとね」

「俺は、スタンドで判断するだけだったからな」

「しかしお前は、全国で数十万人居る競輪の客がなかなかできないことをやったぜ。その極意にお前ほど達していた奴を、俺は他に知らない。実業は二割五分のテラ銭を払わなくていいんだ。お前はやるよ。俺はわかってる」

「いや、俺はやらないよ」

「何もしないつもりか」

「何もしないとはいわない。レースは放棄しないさ」

「じゃァ訊くが、今のお前にギャング以外の何ができる。お前は経営者じゃない。組合員でもない。鳥でも獣でもない」

「俺は勤め人だ——」と虫喰はいった。

「——ああ、そうだったな」

といって、奴もしばらく黙った。

「それは本音だろうな。お前の屈託は、そこにあるんだな。お前は本質は労働者なのにそこから浮きあがってるんだ。労働者が育つとギャングにならざるをえない。それを嫌がってる」

「育つと、かどうかわからない」

「うん」

「お前だってそうだよ」と虫喰がいう。「無職渡世を気どってるが、お前一人で生きてるもんか。一人で生きたいってだけだろう」

「そのとおりだが、同時に俺は俺さ」

「お前は口ほどにもないよ。お前がギャングなら、阿佐田哲也なんて紙のお化けになるものか。地でやってるだろう。ところがお前は地では何もやらずに」

「地でもやってるさ」

「地ではやらずに阿佐田哲也を演じてしまう。結局それは出版社の肥しになるだけで、自立しちゃ居ないんだ。そのかわり、ある意味で仲間を持てた。お前は世間の若い奴等と手を握ることができて幸せだよ。お前はその年で、まだ群衆の一人で居られるんだから」

「そこだがね。俺はちょっと面白い計画を考えついたんだ」

「なんだね」

「しゃべらないよ。仙ちゃんが何もしゃべらないから――」

奴たちはそれで笑い合って別れた。虫喰のその夜の発言が必ずしも建前に終始しているとは思わなかったが、それだけとは思えない。虫喰が、スポークスマンの役についていた以上、創業者の言動に関して、突然のニュースはありえないはずである。彼はもう、何等かの形で、傀儡に接近しているだろう。

結婚する前の虫喰を思い出す。

夜中に、隣りに寝ている同棲中の女をつくづく見ちゃうんだ、と虫喰はいった。しかし彼は、時間こそかかり、悩みこそしたが、その女ときっぱり手を切って許婚者と家庭を持った。

虫喰は、鳥でも獣でもないが、しかし結局、獣に接近していくだろう。そうして、本当に鳥とも絶縁できなくて、その内心を一生の荷にしていくだろう。

虫喰の社には、銀行とは全然べつの方向から傀儡が入り、社長と役員のほとんどを固めた。

こういう場合、傀儡が、まず最初に熱情を傾けることといえば、銀行が持っている株を買い戻して、自分が傀儡でなくなることであろう。

もちろんそれには銀行にとっての好条件を用意することが必要である。しかし、もともと赤字で売りに出た社ではなくて、創業者独特の判断でかくのごとくになった会社であり、社の現状が利益をあげていて、その利益で好条件をこしらえるならば、傀儡は少しも腹は痛まない。

奴自身が競輪選手になったら、中途半端ではない八百長に全力をつくすだろうが、かりにこの場合の傀儡になっても、自分が傀儡でなくなることに全力をつくすだろう。

傀儡が社長になってまもなく、虫喰仙次が新役員になる人事が発表された。先頃まで同族会社であったその社にとって、社員出身の役員ははじめてだった。

財界の某氏が、新社長に虫喰を推薦したのだ、という声があった。

また、無数に在籍した編集者の中で、波をくぐり、せり合い、長い道中を打ち克ってただ一人ゴールした男だという声もあった。

それらの声にかこまれるようにして、虫喰の役員就任の祝賀会がおこなわれたが、もちろんそれこそ建前が横溢《おういつ》していた。

しばらく会えなかったが、ある日、奴はこういった。

「おめでとうだが、労務担当だそうだね」

虫喰は彼のための個室で大きな椅子に坐っていた。

「ああ――」と彼は答えた。

「仕事としては変らんな。前社長の頃と」

「べつの人間になったわけじゃないからな」

奴は、手ホンビキの親をみつめるときのような眼で、虫喰を眺めた。

「お前は、経営者のスポークスマンとして、つまり道具として起用されたわけか。それとも労資間の楔《くさび》として、存在を評価されたのか」

「さァ、どっちだろうな」

「ごまかすなよ」

「ごまかしたいね」

「引き受けた理由は、役員の椅子か」

「それもあるが、せっかく造られた社員重役のコースを、あとの連中のためにも無にしたくない」

「笑わせちゃいけねえ。何がコースだ。お前は弾丸除《たまよ》けに起用されただけじゃねえか」

「そうだろうよ。だがな、今はそうでも、五年、十年、二十年してみろ。あとからどんどん昇ってくる。労務担当の椅子だけじゃない。他の椅子も奪ってみせるさ」

「それにしちゃ辛い仕事だろう。お前はこの前、本質は勤め人だっていった。役員になったってそれはかわらないだろう」

「俺はな、現社長に、一応マークをしぼってみようと思う」

「傀儡にか」

「他に、誰をマークする」

「お前はマークしかできないわけじゃあるまい。前社長の養子とはちがう」

「まず、二番手の位置をとりたい。自分のレースはそれからだ。それまでは位置どりに固執したい」

「前の車ばかりじゃない。うしろもあるぜ。組合がな。ちょっと苦しいレースだなァ。俺はその車券は買いたくないな」

「べつのレースはないんだ」

「思いこむなよ、仙ちゃん。お前のセリフだったろう。一瞬、思いこむこと、それが一番危険だ、って。お前はあの当時、いいセリフをいってたよ」

「じゃァ、レースをおりろってのか」

虫喰の表情に、チラリと怒りの色がさした。「ばかにするなよ、雑文書き」

「ばくち屋といいな。俺は雑文書きなんぞじゃねえ」

「ばくち屋でなんかあるものか」

「俺は阿佐田哲也でなくたって生きていけるぜ」

「生きていくぐらい誰だって生きられる」

「いや、生きていけないコースだってあるよ。労務担当を立派にやれるような男なら、俺は面白がってこのレースを見ているものか」

「やってみるより、仕方がないんだ」

「だから、やれよ。ただ、今度は、同棲の女を切って、本妻一本にするような真似《まね》はよせよ。虚か、実か、どっちかを整理するようなことをしたら、お前は落車するよ。虚にして実、実にして虚、バランスだけが命綱。それがお前の走り方だ」

「そんな余裕があるものか」

「何故。競輪場ではできたぜ」

「競輪場ではな。たかがばくちだ。俺は競輪場で生きてるわけじゃない。俺が生きてるのは、ここさ。よかれあしかれ、この会社なんだ。頭か着外という競走はできないよ。俺はいつも連勝式にはからんでいなきゃならない」

「だが、道はひとつなんだ。虚でも実でもない。まさしくお前でしかない、うさん臭い道――」

「お前にできるか。お前ならできるのか。ひとつまちがえば将棋倒しになるかもしれないようなハンドル操作を恬淡《てんたん》としてできるものなら、ここにきてやってみろ」

麻雀新撰組――。

「俺は、一座をつくろうと思う」

と、奴は、原完坊にいった。

「一座っていうと――?」

「ギャング一座さ」

原はいつもの癖で、笑った。

「じゃ、あたしも入らなきゃ」

「いや、原くんは入れないんだ。これは組合じゃなくて、一座だからね。君は君で、またべつに原一座を造ればいい。造りたければ」

原はただ眼を細めている。

「正確にいうとギャング一座じゃなくて、ギャング劇を演ずる一座なんだ。いや、ギャンブル劇だな」

「なるほど――」

「わかったかい」

「わからない」

「そうだろう。さすがの原先生がわからないとすると、これはますますいい思いつきだな」

奴は、もったいをつける顔つきになった。

「力道山はすごい男だったな」

「へぇえ――」

「あいつのすごいところは、プレイングマネージャーを志向した点さ」

「八百長ギャンブルを見世物にしようというんですか」

「ちがう。プレイングマネージャーというところがひとつのポイントなんだけどね」

「――そういえば、漫画家でも居ましたね。長谷川町子、あの人はお姉さんかなんかと自分の本を造る出版社をやってるんでしょ」

「でも、出版社を造ろうというんじゃないぜ。そういう実業は、俺は駄目だ。だらしがないもの」

「その点は、あたしが保証します」

「ばくち打ち、これ、世間の表街道に出てこないだろ」

「そりゃそうです」

「それじゃ、存在しないかというと、居ないというほどでもない。居るかというと、たしかに居るともいえない」

「まわりくどいですね、話が」

「さて、ここに、ばくち打ちみたいな奴を集めて、世間に紹介する。本当のばくち打ちじゃいけない。彼等も表側には出てこないし、市民はばくちなどを評価しないからね。だが、市民がその役を演じてもリアリティがでない。ばくち打ちに似た市民で、市民としてはエキセントリックだという奴を揃えて、パレードをするんだ」

「そんなことをして、なんのトクがあるんです」

「トクもいろいろないことはないが、それよりも遊びなんだよ。この一座は、暗黒街をじゃない、市民社会の方をパレードするんだ。こういうばかばかしいことは、あまり他人が考えないだろう。面白いじゃないか」

「そうですかね」

「君にはべつに珍しくないだろうが、市民社会じゃ珍しいからね。ばくちなんて、看板をあげてすることじゃないんだ」

「だって、本物じゃないんでしょう」

「ばくち自体が法律違反だからね。本物ならすぐ警察に捕まってしまうじゃないか。しかし、贋物《にせもの》という看板を出しているわけでもない」

「わかった。虚にして実、実にして虚――」

「うん。面白いだろう」

「そうかなァ」

「きっと受けるよ。だって、市民たちが憧《あこが》れるのは虚でも実でもない。虚実ないまぜの存在さ」

「で、役者はどこに居るんです」

「それを探してるんだがね」

それより小一年ほど前に、ある雑誌でシリーズのようにして誌上麻雀をのせていたことがあり、その会場が日本麻雀連盟の本拠のような所で、そこで麻雀を打っていると、よく背後の隅っこで立って見ている男が居た。

彼は何も発言せず、ときおり雑誌の担当者を相手に豪快に笑い飛ばす声がきこえるくらいだったが、そう若くもないくせに、獣がそこにうずくまっているような気合を感じた。それに、顔も俊敏そうで、いかにもいいばくちをやりそうな感じだった。

そこのマネージャーで、小島という青年だと誰かに聞いた。その後、麻雀連盟の実力派の打ち手の誰彼から、その名前をたびたびきいた。日本麻雀連盟は当時、全国組織で会員数も非常に多い社交麻雀の機関だったが、牌王戦というタイトル戦が外部にもきこえていた。

小島という青年は二年ほど前の牌王戦の覇者だった。

やがて彼は某書房から「負けない麻雀」という麻雀戦略書を出し、大橋巨泉の11PMに迎えられて麻雀番組にチラチラ顔を出すようになった。

まもなく奴と小島は再会したが、そのときはお互いに誌上麻雀の打ち手としてであった。奴が、麻雀新撰組誕生の頃を諧謔《かいぎゃく》小説風に書いたものがあるが、それによると、二人は初対面のとき、

「博多浪人、小島武夫――」

と彼が名乗ったので、

「武州無宿、阿佐田哲也――」

と名乗り返し、それから打ち合ったとあるが、そうでもないにしても、小島はかなり気負っ

ていて、奴を含めた三人の打ち手に対して、威嚇するように、一投一打、能書を並べたてた。

それがそれほど嫌味にならなかった。ということは、威嚇の効果もあまりなかったことになるが、ほとんど小島一人がはしゃぎ、しかも終ってみると彼はトップとラスで、他の者も41、23、32、という着順。つまり、四人ともに恥をかかせない着順になっていた。

「うまくやるもんでしょ、プロは」

と小島は主催者側にいった。

「いつだって自然に見えるように、八百長してるわけよ」

八百長という言葉を、こんなふうに朗らかにいえる男は、虫喰や原以外に、奴のまわりにもそうたくさんは居ない。

帰り道、一度、遊びに来ないか、と奴は小島を誘った。

それでまもなく、当時の奴の巣に現われたが、そのときはたしか、ポーカーパーティだったか、或いは麻雀のメンバーが揃っていたか、どちらかだったと思う。

小島は遊び仲間に入り、日が暮れた頃、ちょっと店に顔を出してきます、といって中座し、まもなく戻ってきた。そうして翌日の朝まで、居た。

「あんた、本格的に麻雀タレントで、やってみる気はないの」

と奴が水を向けたとき、小島は、ばくちのふちを渡ってきた者らしい用心深い視線で、奴を見ていた。彼はテレビに出、著書を出していたが、そうしたものはあくまで臨時収入と考えていた。

奴が担当していた週刊読売の麻雀欄を小島にゆずる気で、彼を連れて編集部に行き、懇望して使って貰ったあたりで、急速に心を許してきた。

「ぼくは、原稿は素人なんですよ」

「わかってるよ。しかし麻雀の原稿なら素質さえあれば素人にもできるよ」

「ぼくは素質がありますか」

「原稿の素質はわからない。読んだことがないから。しかしタレントの素質は、あるね。それで多分、やっていけるよ」

「そうですか――」と小島は頷《うなず》いた。「タレントとしてやっていけますか。じゃ、雀《じゃん》マネなんか、やめちゃお」

彼は簡単にそういったが、一方また、その店に雇って貰ったときの経緯があって、やめるといいだしにくいふうだった。それから、日本麻雀連盟はノンプロの集まりだから、タレントになるとすればやめなければならない。何にせよ麻雀の世界のそうした権威から離反することは、彼にとってひとつの賭けであるはずだった。

小島はとにかくそのへんのあたりの片をつけてきた。

奴が、小島武夫に眼をつけた第一の点は、典型的な遊蕩児《ゆうとうじ》であることだった。呑む打つ買う、どれが劣るということがない。こんなふうに隙間なく呑み打ち買っている男は二人とあるまいと思えるくらいに、徹底している。日本人はばくちに対して潔癖な道徳感を持っていて、呑む買うにくらべて、打つの方がともなわない人が多いけれども、小島にはまったくそういうところがない。伸び伸びと三本立てになっていて、これは全国で麻雀にうつつを抜かしている多くの若者たちの一種の理想像であると思えた。ばくち打ちというものは、つづめていえば、ばくちをする人々の理想像なのである。

第二の点は、明るさ、というか、楽天的なところだった。まことに抜け抜けとしていて、天性、恥ずるところがない。これこそがタレント性であって、特に活字という公共性の中で活躍するには、ばくちそのものが持っている暗さを払拭《ふっしょく》している必要がある。ここが、ばくち打ちとばくちタレントとの明瞭な相違のはずであり、小島はその点で稀有《けう》の存在に思えた。実際、どこを見渡しても強い選手であればあるほど明るくなかったのである。

小島の生家はもともと九州五島で、氷問屋を営んでいた。漁港で氷は必需品であり、したがって栄えて、彼も博多の別宅で産まれている。しかし、戦後、氷は全国的規模の大資本業態となり、個々の地方業者は立ちゆかなくなった。

小島の生家も没落し、生き方を変える必要に迫られたけれど、年齢的にも気質的にも、そこが器用にいかなかった。彼は不充足の日々を過ごしたと思うが、はた眼には不良少年であり、中学を中途でやめてしまう。

彼の言によると、父親はおっとりした御曹子《おんぞうし》風の人だったらしいが、母親は川筋育ちの気性の烈しい人で、遊び好き。幼い小島を背負って近所の賭場《とば》にオイチョカブなどをやりにかよい、小島もまた幼にして隣りの男の賭金に自分の乏しい小遣いを乗せてもらい、母親の背から、ばくちを楽しんだという。彼を眺めても、彼の弟を見ても、家系のどこかに、底抜けの血が流れているように思う。

学校に行かず、手に職をつけた方がいいといって、菓子職人の見習いになったり、商家を転々として、いずれも永続きしない。

「一生の大半を辛抱して、小金を溜めて、末にのれんをわけてもらったって、それがなんだと思いましてねえ」

かれは下層庶民の若者たちの気持を代弁しているし、感性としてはもっともだが、だからといって普通は別のコースがなかなか開けない。彼は不充足を抱いたまま菓子職人の見習いの頃から、競艇をもう覚え、カッカとかよっていた。

はじめて女とデートしたとき、二人でボートに乗って、レースのない日の競艇場付近を漕《こ》いでまわった。小島はそのへんの汐の流れや波の具合をさかんに調べまわったという。

結局、巷《ちまた》の底でうろうろした末にすすめられて麻雀のメンバになった。メンバとは、この業界の専門語で一般的な説明がむずかしいが、マネージャーと公安官と交通巡査とギュー太郎が一緒くたになったようなものとでもいうよりない。

はじめて職業に水が合った。店は転々としたようだがだいぶ長くやっていたようである。生れ故郷の博多を捨てたのは、妻子を捨てて駈落ちをしてきたからだが、東京でコンピューター技師の学校へ行って免状をとるつもりだったという。

多分、三十すぎるとともに、メンバという特殊な職業に不安や不満を覚えたので、コンピューター技師は思いつきであろう。職業などなんでもよいが、同時になんでもよくはないので、それがなんだかわからないにしても、これ、という生き方をみつけに東京へ出てきたのであろう。

小島武夫は、運よく、というか、ごく自然に、これ、という職業をみつけたようであった。その頃のある日、小島が古川凱章《がいしょう》を連れて奴の巣へやってきた。古川は、小島が優勝した翌年の牌王戦を、地区予戦以来オールプラスで勝ち進み、タイトルを握ったのだそうで、小島とは対照的に、実直なサラリーマンタイプに見えた。

奴は、古川を見たときに、一瞬、これで一座ができる、と思った。

古川は早大を出て、大手の出版社の宣伝部に入社したが、何年かして何故か自発的に退社している。そうして、普通の遊び人コースと反対に、横浜で、麻雀ゴロのような生活に入ってしまう。

ここのところが奇異で、何度も訊ねたがはかばかしい返事が返ってこない。要するに何かを内向させ、それをいいかげんにあしらうことができず、みずから土俵を飛びだして別レースに入ってしまったようだった。

そうして奴と知りあったときは、名刺にはどこかの会社の外交のような肩書と社名が入っていたように思う。

奴の巣へ来ても、ほとんど口を利かない。遊び人のようでなく、しかしはた迷惑でもない。一見すると、どうして彼がギャンブルで生きようと思いたったのかよくわからない。凝り性はまちがいないが、事務能力もあるし、放縦でもなく、普通の市民で通用しそうに思える。それだけに彼が麻雀一途に打ちこんでいる様子は、無気味でもある。

けれども、両者を並べて眺めると、実によいコントラストなのである。

小島武夫は、ばくち打ちのロマネスクな面を、つまり虚を代表している。奴と小島と二人だけでは、虚が強くなってしまって、客層が一部に片寄ってしまう。

奇異な迫力を併せ持ちながら、すぐ隣りの男でもありそうな、つまり実を感じさせる古川凱章のような存在が、この一座にはどうしても必要なのである。古川が居ることによって、虚と実が印象としてないまざり、この奇妙な一座の実体感が出てくる。

そう考えてみると、得がたさという点では、古川は小島武夫を上廻るのではないか。

奴は、マルクス兄弟や、日本のアキレタボーイズなどと比較して、個性のハーモニイを検討してみた。またジャズのスモールコンボの各グループの楽器編成も参考にした。

各自がちがう楽器を打ち鳴らしてハーモニイを出さなければならない。もともと、市民権を持っていない麻雀を材料にして市民社会に出ようというのだから、一寸の計算狂いがあっても、たちゆかない。まだ楽器が不足していないだろうか。どこかに編成の盲点があるのではないか。

その結果、奴は、この三人でやっていくことに定めた。

この他に古川凱章が最初連れてきた横浜の打ち手もなかなか面白い存在だったが、ちょうど商家へ養子にいくことがきまり、仲間に加わらなかった。また、後で仲間に加わった何人かの人たちも居る。

しかし奴は、この三人以外にメンバーを増やす気は、積極的にはなかった。強い選手ならばこの他にいくらでも知っている。面白い持味の選手も居る。しかし、この三人が、コントラストとしてお互いをひきたたせる。

実際、発足後、自薦他薦の加入希望者があとをたたなかったのである。

名づけて、麻雀新撰組。儀式めいたことは何もやらないが、その頃の雑文にこんなことを奴が記している。

麻雀新撰組、いい年をして、なんという阿呆《あほ》らしい一行でありましょうか。ばくち打ちが団体をつくって、世間の表通りをパレードしてみようなどという愚行は、おそらく全世界はじまって以来のものでありましょう。

馬鹿なことをすればあとで後悔する、というのは、事実そういうことが多いものですが、しかし因果として決まっているわけではありません。馬鹿をしないでも後悔しうるし、馬鹿をしても、うまくいってしまうこともある。そういう恐ろしい、始末のわるい現実を、我々みずから演じてみようというものであります。

とかなんとか、それほどの大事ではありません。シャレです。これ自体ギャグです。観客が眼に角たてれば、シャレといい、眼をそらせれば、ちょっとちょっと、何か気になりませんか、とぬらりくらり、なんだか正体もなく、ノンシャランにすごしていこうという集団であります。

けれどもこのことに関しては、奴一人の気持だったので、小島武夫と古川凱章は、参加するについてそれぞれべつの志があったと思う。

それはそれとして、彼等二人の自立を確保するためもあり、奴は、何種類かの週刊誌に実戦記乃至は読物欄を貰った。好むと好まざるとにかかわらず、奴もあたふたしてくる。

虫喰の後輩のYやMも応援してくれたし、他社の編集者も積極的に面白がってくれる人が居た。

中でも、小島武夫の個性がまず受けた。麻雀タレント、という言葉が若者向け週刊誌などにチラホラ載りはじめた。

第三章　負けたら勝て、勝ったら負けろ

小島武夫――。

北九州の方の言葉で、おおまら、というのがある。前後を忘れて遊び呆ける人の意だそうで、なんていう。

「あン人、おおまらじゃけん――」

遊んで悔いない者は居ないだろうから、小島武夫も悔いたりはするのだろうけれども、その気配がとんとわからない。その点で大物であり、大おおまらであった。

タレントというものは、本来は、〝芸〟や〝才覚〟で本物らしく、或いは本物以上のリアリティを演出していくのであろうが、もう人々の眼が肥えてきてそういう〝造り〟にはよっぽどでないとひっかからない。したがって、本物そのものという存在が迫力を持ってくる。

当初、小島武夫はたしかに〝本物〟を感じさせた。一応専門の麻雀で、特別好成績をあげたわけではない。原稿も、お義理にもうまいとはいいかねる。

しかし、つい最近まで売文をしようなどと夢にも思わなかった人間のものとしては、体をな

していた。そればかりでなく、彼の底が抜けた明るさが字面《じづら》にもよく現われており、小島を愛する編集者も次第に増えて、短いスペースのものが大部分ながら、たちまち神風タレント風になっていた。

多分、当時の金で月収数十万にはなっていただろう。そうしてほとんど同時にその何倍もの借財が月々増えていった。噂では、銀座・新宿辺のバーのツケだけで数百万がこげついているという。編集者はそういって慨嘆するが、あにはからんや、編集者の知らない方角の借金が比較できぬほどあった。本物が、本格的に遊ぶとなったら、酒代や女代などたかの知れた出費で、ばくちの方は負けるとなれば一夜に百万単位で出ていくのである。

小島武夫は払い汚ないわけでもないし、ケチなのでもない。ただ、いつも懐中無一文なのである。金が入れば瞬間的に費消してしまう。その瞬間に行きあえば、底の抜けた濫費家を見ることができる。しかしその瞬間以外は煙草銭もないのである。

たとえば、彼がバーに入っていく。

「ねえ、洋服買ってえ」

「ああ、いいとも、買いなさい」

「武夫ちゃん、帯買いたいの。ほんとに買っちゃうわよ、いいでしょ」

「ああ、いいよいいよ」

そうして小島武夫はすぐに、きれいに忘れてしまう。

しかし女性の方は忘れないから、やがて現品を買い、請求書をつきつけるのだが、もちろん彼が一銭だって持っていたためしはない。女性は怒り、彼を追いかけまわしているうちになんとなく身体がもつれて、他人でなくなったりしてしまう。

初会から一銭も払わず、ツケがたまり放題で頭に来た高級バーのマダムが、あいかわらず平然と現われる彼を店の中で平手打ちにしたことがあった。

彼は大声で笑って、

「ボクちゃん、悪い悪い。もう十回ほど殴って」

といったという。マダムはそんな行為をした反動で、彼にすまなく思い、もっと情理をつくして取りたてようとしているうちに、身体がもつれあったりしてしまう。

高級バーの多くは取りたてがきびしいもので、暴力団など使ったりするが、小島武夫にはどうも通じない。小市民とちがって破滅をさほど怖れないし、一文無しのくせに金のことを鼻っ紙としか思ってないようなところがあるから、若いギャングでは凄んで押しこんだつもりになっているうちに、小島とつるんで呑み歩いたりしてしまうことになる。

たいがいの人間は、ツケがたまるとどこかでぱったり行かなくなるものだが、小島の場合はたまればたまるほど、連夜でも押しかける。来てくれているうちはあまり催促をしない。そのうちに底が抜けているとわかって大騒ぎするが、それでもなお通う。

「ボクちゃん、また来ちゃった。わはははは――」

という笑い声をきいて、マダムの方が二の句がつげなくなる。実にどうも、胸がすくような無茶苦茶さで、面白い。

「小島武夫、ありゃァしょうがないよ、あんた、注意してやれよ、新撰組の隊長だろ。原稿はおそいし、あんな調子じゃ編集者にもいつか見放されるよ」

と何人もの人が、奴にいった。もっとも、原稿は、奴もおそい。

「急に収入が増えたものだから、いい気になってるんだよ」

「しょうがない奴だがね、いい気になったぐらいであすこまではできない。あれは本物のおおまらだよ。その気配は敏感に読者に伝わる。今のところ、彼の人気はメッキじゃないだろう。まァもう少し眺めていておくれよ」

奴は、そういった。

もう一人の新撰組隊員、古川凱章は、寡黙なこの男らしく、はしゃぎまわる小島をじっと眺めすえているようなところがあった。

ある夜、九州の妻子を捨てて小島が駈落ちのような形で東京に連れてきた恋女房から、奴のところへ電話があって、

「――阿佐田さんを、怨みます」

ポッツリと切れてしまった。

恋女房の気持はまったくよくわかる。彼女は、奴が亭主をタレント生活にひきずりこんだと思っているし、それ以来、彼女の暮しから蜜の味が失われてしまった。

相擁するようにして東京に出奔してきた当初から数年間は甘いムードが濃かったらしい。それはその筈で、小島は慣れない東京での不充足なものを集中的に家庭の中で発散させていたのであろう。

少し世界が開けて、その方向が八方に散った。恋女房に執着していないというのではない。それとは別の筋の、年少の頃から満足していなかった塊りが、そのときどきの条件でいろいろな形で跳梁《ちようりよう》するのである。

不充足というものは、不幸の量に比例するとは限らない。また他人との比較で定まるというものでもない。小島のように没落家庭に育った者などは特にそうだが、人は誰でも、意識するしないにかかわらず、本当は、きわめて贅沢でわがままな望みを内心に抱いている。普通はどこかでセーブしているだけで、何事によらず満足していない。

それは贅沢でわがままなものでもあるが、又同時に、当然の望みでもあるはずのものだ。小島の狂態は、庶民の、特に下層庶民の不充足の深さ烈しさを、まざまざと物語るものなのではないか。彼はそれを獣のように率直に、歯止めなしに、やっている。

そうしてこの筋書は、麻雀新撰組が本来指向していた脚本の一つではないか。

ある夜、差しで呑んでいたとき、小島が不意に深い吐息を洩らした。

「どうにもならん。どうあがいても商売にならんですよ。こんなことやってちゃ」

奴は吹き出した。小島は笑わなかった。

「俺は、どうすればいいんです」

「でも、どうにかなると思って、やってるのかね」

「だって、一生懸命なんですよ」

「一生懸命はわかるがね。このままいけば、君は、壮烈鬼神を哭《な》かして、散華《さんげ》するよ」

「散りたくないですね。いや、俺、散らないですよ。散らないけれども、もうすこし、どうにかならんですか」

「散華するのも面白いじゃないか」

「わははは、きついなァ」

と小島はやっと笑った。

「じゃ、俺をもう見放しちゃったんですか」

「そうじゃないよ。俺たちは曲芸をやってるんだぜ。こんなふうに遊び暮しながら、散華しないという劇を演じてるんだ。今のところ、第一幕での君の演技はある意味ですごい。本当に散華しそうだ。ついでに三人のうち一人くらいは散華してくれれば、劇としては申し分がない」

奴は、奴自身が、原完坊に借りている借金の額をいった。それから財布の中の銀行通帳をとりだして額面を見せた。その額面のすくなさに、小島は眼を丸くした。

「阿佐田さんが、どうして——?」

「どうにもならんといえば、どうにもならんよ。だが、面白いじゃないか。すくなくとも俺は、借金ごっこを楽しんでるよ。小島さんもそうかと思った」

「じゃァ、ともに二人で、散りますか」

「いや、俺は散らない。だって散らないために三人が集まったんだもの。小島さん、負けを怖がってたんじゃ、ばくちは打てない。これはよくご承知だろう。負けは怖くないが、しかし連敗はいけないんだ。負け続きでは、感性が摩滅して負けを負けとして認識できなくなる。負けたら勝たなければね。勝ったら負けなくちゃならない」

「勝ち続けも駄目ですか」

「だって、勝ったら相手が居なくなるだろう。相手が君をなめてかかる、そこに君と相手との関係が成立しているんだからね。今の君は、いつも同じやりかたで勝負しているよ。そいつはいけない。たとえどんなやりかただろうと、一辺倒じゃ散華しちまう」

「でも、そうすると、俺らしくないでしょう」

「それがいいんだ。小島武夫の看板を一応、徹底させたら、今度はそいつをおろして、逆方向に走るんだ。小島武夫らしくないことを一生懸命やりたまえ。それではじめてバランスがとれる。借金を造ったら、今度は借金をなくすことに熱中する」

「減らすことに熱中してますよ。今でも」

「少しは減ったかね」

「坂道の雪だるまです。どんどん増えてます」

「うん、その増えていく奴を、どうにかしてキッ返してごらんよ。ばくち打ちはキッ返しができなくちゃ駄目さ」

「どうも、手に余りますね。いったいどうして、こんなに増えちまったんだろう」

「しかしもう世間に名前が出てる。今度は、九州を逐電《ちくでん》するようなわけにはいかないぜ」

「じゃァ、やっぱり、散るのかなァ」

「散りたくないんだろう。君は連続放銃してハコテンを割ってるんだからね。きついが、大転向して原点まで戻したまえ。それではじめて小島武夫の看板が定着するんだ。それからまたハコテンになればいい。負けたら勝ち、勝ったら負ける。そうして散華しないこと。人生は持続さ。過程《プロセス》さ。結果なんぞ、散りさえしなければ何ほどのことやあらん。すくなくとも麻雀新撰組のテーマはそこなんだ」

「承知しました。なんとかやってみます。実をいうとね――」

といって小島はまた笑った。

「ドン底へ行けばこっちの物です。いつもそうなんですから。ドン底で、さっと風が変るんです」

「しかし、今がドン底かどうかわからない」

「わはははは、それもそうですね」

おおまらタイプの人物というものは、彼に限らず、こういう場合にいつも、守りよりも攻めを充実させようとする。平常から攻め型なのだが、特に、努力してそうなる。働いて稼いで、出銭とのバランスをはかろうとするわけで、けっして出銭そのものをなくそうというふうには考えない。

小島武夫が眦《まなじり》を決して働きはじめた。〝虚〟に属する勝負事の実戦のひとつひとつでも、〝実〟に属する原稿やその他の仕事でも、気合をいれていることはよくわかる。しかし、そのいずれの面においても、あまり効果があがらなかったように思う。

だいいち、表芸の麻雀が、知り合った頃にくらべると格段に駄目になっていた。その原因は容易に推察できる。大おおまらの結果、災厄に対する感性が鈍磨《どんま》したからである。

知り合った当時は、不充足ではち切れそうになっていたが、同時に身を冷たくして些細な災厄に対しても身構えているところがあった。タレントで世に出ることによって、今までの不充足を放出し、新たに別の不充足を抱きこんだ。そのうえ、不充足を放出することにかまけた結果、放縦になって小さな災厄などをなめるようになった。

もっとも、麻雀タレントは、本職のばくち打ちとちがって、麻雀が強くなくては立ちゆかないというものではないのである。強いに越したことはないが、勝てば勝ったように、負ければ負けたように、そのときどきで身を処していけばよろしい。要はタレントとしてのパースナルな魅力にあるのである。

小島に、映画から口がかかった。まず、テストをやるが応ずる意志があるか、ということだったらしい。

「やってみればいいじゃないか」

「でも、素人ですよ」

「原稿だって素人だったぜ」

「麻雀の原稿だから」

「まさか、山本五十六に扮するわけじゃないだろう。向こうがいってくる以上、小島さんの柄に合ったことなんだろう。だったら素人だって大丈夫だ」

「そうですかね、やってみますか、失敗して元っこなんだし」

「いや、失敗しない方がいい、多分これからは初経験をどんどんこなしていかなくちゃならんだろうよ」

「でも、俺はあくまで麻雀の小島ですから」

「今はね。しかし大成を考えれば貴方は麻雀タレントで橋頭《きょうとう》堡《ほ》を造っておいて、徐々に普通タレントに移行すべきだ。なんでもこなせるエンタテイナーにね。その資格はおおいにあるよ。必要なときだけ麻雀という特長を武器にすればいい」

「そうですか」

「麻雀タレントじゃ坐りもわるいし、スケールが小さい。ポルノ映画で売り出して、普通の映画に転換していくようにね」

「でも、やっぱり、ばくちに関係していたいですね」

「麻雀新撰組としてはちょっと早いが、小島さんにとっては今がぎりぎりのチャンスなんだろうよ。ホラ、この前話した大転換ね。そうなれば小島式おおまらはかえって邪魔になるばかりだから、小まらになる必要がちょうど生じてくるわけだろう」

それから数日して、奴の巣に小島から電話があった。映画の件の報告かと思ったが、ちがう話だった。

「実は、タクシー代もないんです」
「それで、どうしたんだ」
「三十万、貸してください」
「三十万も、タクシーに払うのか」
「女房が病院なんですよ。腹ン中で子供が腐ってるんで、すぐ手術しないと命があぶないんだって――」

　恋女房が腹が大きいという話はきいていた。それまでも孕《はら》むたびに流産になって、子供好きの小島を失望させていたらしい。

　他のことではないので、大騒ぎして工面した。小島はたしかにその金を病院に払いこんだが、その足でどこかへ行ってしまった。

　住居にとり残された愛犬の食事を造りに、恋女房は手術の翌日から這《は》うようにして、病院と住居を往復したという。

　原完坊は一、二度、小島と会い、金を融通したようだが、すぐに彼を見放した。つまり、貸金を取り立てたのち、交際を続けていない。どういうふうにして取り立てたかしらないが、多分、小島を完済に持っていったのは、原一人くらいのものであろう。

「あの人は駄目ですね。近寄らない方が無難です」

と原完坊はいって微笑した。

「でも、あたしがとりついていく人間ならばいいというわけじゃありません」

「だけどね、好きか嫌いか、という話になると、俺は、好きなんだ」

「まァ、そうですね。好きか嫌いか、といえばね。でもそんなことにたいして意味ないでしょ」

「そうでもないんだよ」

「遊び相手としてですか」

「いや、遊び相手としちゃ不適当だ。世話が焼ききれないから。といって縁を切りたくない。大仰にいえば、心中するときは彼と一緒じゃないかという気がする」

「ああそうだ。阿佐田さんは、いざとなりゃ心中でもなんでもできるんだからな。あたしは死ねません。子供が居るから。だから小島さんとはね、ああいう人には近寄らないようにしなくちゃ」

古川凱章と奴と二人で四国をぶらついたことがあった。きっかけは何だったか忘れてしまったが、目的も計画もなく、半月ほど二人きりですごした。

どこか町の旅館で、酒を呑みながらテレビを観ていると、偶然、小島武夫が画面に現われて、麻雀のインチキを披露しはじめた。

小島は例によって調子のいい応待で、その役柄をぬけぬけと演じていた。けれども、のんびり旅先で酒を呑んでいる此方二人とくらべると、彼一人、必死で散るまいとして、じたばたしているように見える。二対一になっている三人の間柄はたまたまそうなっただけだけれど、奴には小島に苛酷な図柄に思われて眼を伏せていた。

古川凱章は、ニコリともしないでテレビを眺めていた。

「僕にはわかりませんねえ――」

と古川がいった。

「どうして小島さんは、あんなイカサマ師の真似なんかまでする必要があるんですかねえ。小島さんのマイナスばかりでなく、麻雀タレントがますます軽視されるだけでしょう。テレビの出演料なんてほんのお車代だし、どうしてなのかなァ――」

「うん――」

古川がいうことは、奴にもよくわかる。小島の出演は、見世物を見せる立場のテレビ局をなにがしか益するだけで、小島自身には収穫として何もはねかえってこないだろう。

けれども、しかつめらしい顔でそんなことをいうくらい誰にだってできる、という思いもべつにあるのである。もともと麻雀新撰組は、愚かしい真似をすることが本芸だったはずなのだ。

その点で、小島武夫はもっとも隊員らしい隊員といえる。ところが、古川ばかりでなく、奴も、小島のそういう部分を、敬遠するような顔つきになってしまう。

奴自身、小島に劣らず、おおまらの部分を持っているくせに、気がついてみると、小まらになっているのだった。

続続・虫喰仙次――。

虫喰仙次は、役員に昇格してから、あまり精彩を発揮していないようであった。表向き、社員第一号の重役として周辺のそれぞれから祝福されているようだったが、実際のところは、末席に居て、社長の傀儡氏や銀行から派遣された上席役員たちの出方を見守っているというところだったかもしれない。

当面の相手の組合は、むろん、攻撃の対象にする。虫喰の人事を一番祝福していたかに見える中年の管理職たちは、一様に期待はずれの表情をしていた。実際、虫喰が役員になって以後、彼等の期待を満たすような動きは何もしていなかった。

「あの人も、やはり口先だけですね。重役になったら、我々のことは忘れてしまった」

と古手の社員が奴の前でいった。

「就任祝賀会では、社員代表の役員としてがんばる、と立派なことをいっていたが」

「それはそうだろう――」と奴はいった。「君たちのためだけに生きるという人は誰《だれ》も居ない。

君たちのことは君たちががんばらなきゃね」

「そんなもんですかね」

「だって、選挙でえらばれたわけじゃないだろう。仙ちゃんは自分で番手（位置）をつかんだんだ」

「じゃァ我々は一人ずつばらばらですか」

「そうでもなかろうが、人に引っぱって貰ってるだけじゃ一着にはなれないね。全員一着というわけにはいかないから」

役員としての虫喰ばかりでなく、傀儡氏や他の上席役員たちとも何度か会う機会があった。傀儡氏は磊落《らいらく》で親切な男だった。多分、個人的には善意にあふれた人物だったろう。また上席役員の慇懃《いんぎん》氏は、傀儡氏の陸軍士官学校時代の後輩で、戦争のときからともに外地で苦労し合った仲だった。二人は酒席で、軍歌を合唱し、軍隊言葉で肩を叩きあったりした。

もう一人の上席役員も、士官学校の卒業生で、旧将校たちで造っている同じグループに属していた。会社を買った銀行から慇懃氏が派遣されることになり、慇懃氏をバックにしている旧将校グループの推薦で、傀儡氏が登場してきたのだった。

なるほど、旧陸士グループか、と奴は苦笑した。この筋のまとまりは濃い。中に割りこんで走るのは容易なことではない。

虫喰は長期戦に出ざるをえないだろう。競輪風にいえば、上の位置にセリかけるには、セリ落されたときに着順ビリになることを覚悟の上でなければならない。レースとちがって現実は一回勝負であり、軽薄な仕かけはできない。

では、目立たずに後方位置で満足しているような顔つきで走っていれば、時間が稼げるかというと、そうもいかない。

虫喰のしのぎの相手は、経営陣ばかりでなく、別方向に組合に代表される社員たちも居るのであり、前後に敵が居るのである。対経営者には時間稼ぎがいいだろうけれど、対組合とは、今日の問題でもみ合わねばならぬ。

もともと虫喰は、巧言令色のタイプではないので、動きがスマートさを欠く。そのうえ内向する性格なので、他者から見て色合いがわかりにくい。

「煮えきらないんだな――」

と評した社員が居た。

「本当は何を考えてるのかよくわからないんですよ。それじゃあ、信じることはできないでしょう」

「信じる必要はないが――」と奴もいった。

「煮えきらないというのは、組合側から見ても、それほどわるい態度ではないと思うぜ。労務担当重役というものは、本来、経営路線で煮え切っていくべきポストなんだから」

小一年たった頃、虫喰が、ノイローゼらしい、という噂をきいた。

朝、家を出て、会社の近くまでくると、足が慄《ふる》えだすのだという。虫喰は、役員用の車を社への途中で捨てて、どこへともなく歩いて行ってしまう。

欠勤が目立つという。虫喰の妻君が、就職口を探しているという。それ等は噂で、どこまで正確かわからない。折りを見てゆっくり会ってたしかめようとしているうちに、労務担当が懃氏の兼任になった。

虫喰は、関西支社のボスになるという。関西支社といっても広告関係の数人の社員が居るだけで、部長級の閑職にすぎない。

奴はその件を耳にすると、とりあえず電話をかけた。

「どうしたんだ」

「――まァね、疲れたよ」

「疲れたというのは本当か」

「ああ――。とりあえず少し息をいれたい」

「わからない。仙ちゃんらしくない」

「いずれ大阪から電話でもする」

「それより大阪に一度行くよ。おちついたら知らせてくれ」

虫喰は、何もかもやめたいといいだして、辞表を提出したのだという。辞表は受けいれられず、しかし慰留されたわけでもなくて、役員待遇のまま関西支社に行く。おそらく次の株主総会までの措置だろうといわれた。

奴は、本妻と子供のもとに生活費を届けにいく原完坊と連れだって、大阪に行った。

虫喰は、順風満帆のときとさして変らない顔つきで、ホテルまで来てくれ、二人で北の新地に行った。

週五日はこちらで独身生活をし、週末に東京の妻子のところに帰るのだという。

酒を呑まない虫喰が、一杯だけ、ビールを呑んだ。

「どうも、変だな」

「なにが――」

「セリ負けて着外に落ちた選手がどんな顔をしてるだろうと思って来たが、あまり涙の匂いがしないな」

「結局、印のつかない選手は走りようがないんだよな。かりに、社長を本命とするか。対抗は慇懃、連穴が経理担当で、ここまでは一本筋だな」

「傀儡は○で、慇懃が◎という見方もあるな」

「その考え方もある。本線で買うなら、◎○、○◎、○△、だろう」

「俺はその車券は買いたくないけどな」

「もうひとつは組合だ。単穴×や注意▲はこっちさ。レースはこの二本の筋の争いだ。無印の俺のあとには誰もつかない。俺は本線の尻っぽで、×▲の上昇を尻をふって喰いとめる役だ」

「それは最初からわかってるじゃないか」

「そのうえ、◎と×が話し合いをしやがる。上昇する×▲を◎が引っぱって、◎×、というのが臭いケースの車券だからな。憎まれ役は俺だけだ」

「なるほど、それはありうるな。傀儡は内外に人気を定着させる必要があるが、特に長期政権を構えるためには組合にも憎まれたくはない。損な役どころは仙ちゃんに押しつけるか」

「組合の出す条件を呑んでいい顔をするのはいつも社長だ。またあの人はいい顔をするのが好きなんだ。うっかりすると、組合が団交で俺のところへ来る前に、社長がこっそり受諾している場合がある」

「そうすると、傀儡の頭はしばらくは固そうだな。むずかしいのはヒモ（二着）だ」

「組合はすごいよ。ここを先途とばかり吹っかけてきやがる。社長は今、悪役にはなりたくない。そのうえ、組合が暴れて横暴をきわめていた方がいいんだ」

「何故——」

「組合管理みたいになっている会社の代表者などに、皆あまりなりたくはないだろう。外部の勢力にしてもさ。それに、内外の眼が組合に集まっている方が、何かと都合がいい。社長も時間を稼ぎたいだろうからね」

「社業は、あいかわらずいいんだろう」

「悪いとはいえまいね。仕込安で、即席商品を売るようなものだから。だが、あの社はいつだってそうだが、黒字だからって、状態が健全とはいえないよ」

その頃はまだ長期発展興隆の匂いが社会に残っており、出版界も大手はじめおおむね好況であった。虫喰の社は創立以来二十数年、黒字を続けていても、その黒字がさっぱり蓄積されないこともあって、終始目立たない。

そのうえ近年は、組合の活動の烈しさのせいで、経営陣の指揮権が収縮し、人件費の膨張もあり、黒字でトントン、赤字なら急転落、という評価がつけられていた。

「今、社員たちは腹いっぱいで、働く気なんかないよ」

「これまでが不当にわるかったんだから」

「そりゃそうだがね。常識外だよ。人事異動も企画も、組合の意のままだ。この先はドンブリ勘定で、皆が手を出して売上げをつかみとっていくようになるだろう」

「ドンブリ勘定けっこう」

「お前はな、傍観者だからな」

「初代の頃のように、初代一族にとりかこまれるよりはいいだろう」

「何故」

「何故だって？　そりゃどういう意味だ」

「二代目だって同じようにとりこんでるだろうさ。多分」

「傀儡がか。だって、組合が――」

「だから、組合が暴れているから、蓄積がきかないで危機を迎えているという理由が成りたつんだ」

「はっはっは、こいつはうっかりしてた。そりゃそうだよなァ。傀儡だって、組合だって、会社のためにじゃない、手前のために働いてるんだものなァ。手前が儲からなきゃ、会社なんかあったって意味ないものなァ」

「しかし、会社があった方が、連中にとってもいい。誰にとってもいいよ」

「それは、明日を夢見る選手にとってはな。仙ちゃんのように。しかし、目下、印がついて自分レースができる選手は、一着をとらなくちゃ。勝てるときに勝たなくちゃな」

「社長は、多分、銀行から株を買い戻すための蓄積をしてるだろうよ。経営者としては、傀儡でなくなるための当然の行為だが」

「しかし、それが自分個人の持ち株にすりかわるんだろう」

「俺はなんともいえない。結果がまだ出てないんだから」

「組合だって気がせくよな。自分たちが奪《と》らなくちゃ誰かに奪られちまうんだから。どっちみち会社の蓄積にはならないのを知ってるんだな。初代にやられた経験があるから」

「しかし、組合にそのことを吹きこんだのは誰だろう」

「傀儡自身じゃないか」

「だとしたら、かなりの脚力がある」

「あるな」

「しかし、ちがう人物の場合もある」

「慇懃か」

「それはない。利害がちがう。俺は大分前から考えてるんだが」

「だとすると、選手がもう一人、こっそり居ることになるな」

「だが、もう面倒くさい。俺はレースをはずれたんだ」

「それがわからん」

「社長マークができなかった。セリ落されたよ」

「誰に——?」

虫喰は、ちょっと黙った。

「——見てればわかるだろう」

「いったい、あの陸士勢は生死を共にした仲間らしいが、本当に、本線を作っているのかね」

「どういう意味だい」

「今までの仙ちゃんの話をきいてると、結びつきが固いとは思えないね。傀儡は、傀儡でなりたいんだろう。慇懃は、傀儡を傀儡にしておきたいんだろう。利害が一致してない連中が一本線になっていて、そこにわりこめないほど仙ちゃんはマークが下手なのか」

「何もかも利害が一致する関係なんて、この世にあるものか。いいかい、◎○と並ぶだろう。○は◎の二着になろうとしているとは限らない。ゴール前で◎を抜いて、○が頭になるつもりでマークしてるんだ。本線といったって皆、喰うか喰われるかなんだよ。それでも共通の利がある間は結びついているんだ」

「そんなものかな」

「俺は駄目さ。結局、勤め人だ。評論家だな。根性がない」

「わからんね。仙ちゃんはいつも本音をいわないから」

「しかし、あながち、でたらめでもないんだ。とにかく俺は、レースが小さい。みっともないことが、案外できないんだ」

連絡をつけておいた原が、酒亭に現われた。原は子供の顔を見たあとらしく、いつもより、単純な、ひきしまった顔をしていた。

「こっちが原くん、それから虫喰仙ちゃん、いつか会わせたいと思っていた人物だ」

虫喰は名刺を出そうとしたが、奴はそれを押しとどめた。

「名刺なんかいいよ。そんなもの意味ない」

「出版関係の人じゃないの」

「そうじゃない」

「そうすると、ライターですか」

「ちがうよ」

原が笑いだした。

「正業じゃありません」

「ああ、ばくちですか」

「いや、ばくちで喰ってるわけでもないんですが」

「いいですな。正業じゃない人がうらやましい」

「とんでもない。正業ほどいいものはありませんよ。ただ、あたしは、若いうちからお金が必要だったものですから」

さっきの話だがね、と奴は、虫喰にいった。

「◎○、○◎の二点は、俺は買いたくないね。しかし、◎×も買わない。×は三着か、三着失格だ」

「じゃァ、買い目は何かね」

「◎○の頭で、仙ちゃんのヒモ、配当もわりにつけるし、このへんが買い頃と思っていたんだが——」

「俺はズルズルと後方へ退《さが》ったよ」

「しかし、◎の固いレースは二着が狂うんだ。抜け穴は誰だろう」

「組合に吹きこんだ奴が居る」

「うーん。おかしいね。——大穴で、仙ちゃんの頭かな。一気にまくって」

「俺は素手だ。でなけりゃマーク争いなんかするものか」

「しかし、傀儡も素手だったんだろう」

「あの人は、指定席があった」

「仙ちゃんにしては、いかにも気が弱いね。何故だい」

「大勝負の経験が乏しいからな、今まで」

「本当に辞表を書いたのかい」

「ああ——」

「辞めてどうする気だったんだ。まだ金を取りこんでも居ないくせに」

「わからん」

「それはないぜ」

「とにかく、毎日毎日、団交だ、つるしあげだ、そんな毎日がいやになった」

「辛い仕事はわかってる。お前は、やってみるより仕方がない、といったぜ。俺が生きてるのはここだ、ともいった」

「まァ、責めないでくれ」

「責めてやしない。案じてるんだ」

ところで、と虫喰が、原に声をかけた。

「正業じゃない方は、景気はどうですか」

「景気は関係ありません。ああ、あたしの景気ですか。いつだって、満足すべき状態じゃありませんね。落車しないというだけでね」

「着実に来てるんですね」

「いえ、正業じゃないから、着実ということはありえないんですが。まァ、勝ったり負けたりで」

「コツはなんですか」

「なんのコツ？」

「正業じゃないところで生きるコツ」

原は例によって嬉《うれ》しそうな笑い声をたてた。

「正業じゃない方へ、進出されますか」

「ええ――」と虫喰も笑った。「明日は失業者です」

「しかし、正業というのは、物を産みだす人たち、社会の成立に寄与している人たち、そういう人たちの職業のことをいうんだと、あたしは思いますね。だから、金と知恵、或いは権力と知恵を使って、勝ったり負けたりしている連中は、ばくち打ちと同じで正業とは思いません」

「そうすると、ここは不正業の集まりか」

「なおさらコツをききたいね。不正業のコツは何？」

「チャランポランじゃないでしょうか」

「ふうん――」

「もっとも、なかなかこれがむずかしいんですよね。人生というものは、いつだって、大銭が賭《か》かってますから。どうしても一生懸命になりがちです。アツくなるんです。ねえ阿佐田さん、一生懸命ひいた目は概《ツナ》していけませんよね」

「うん。そういうとき、アツい境地から、すっと身を離すことができればね」

「なかなかできないんだ。ここが勝負っていうときは、誰だってダッシュしたいものねえ。ことというときに、チャランポランになれるような修行を積みたいですね」

「修行というより、それが力なんだろうな」

「力なんでしょうね。たいがい、ダッシュすると車がブレちまうんだ。チャランポランというのはむずかしいですよ」

虫喰は無言で煙草をねじり消した。

「ところでどうです。今夜、手本《ホンビキ》の場が近県で立ってるらしいんですが――」と原がいった。

「顔ぶれをきくとね、この道五十年六十年という大ヴェテランが集まっているんですよ。関西じゃ手本はもう廃《すた》れちまったから、爺《じい》さんの遊びですね。とにかく、彼等とは手を合わせてみる値打ちはありますよ。虫喰さんも如何《いかが》です」

「行ってみましょう。ただし、僕は見学だ。ばくちはしばらくやってないから」

「それがいい――」と奴もいった。「ひと晩あそんで、明日はひさしぶりで、一緒に競輪にでも行ってみようよ」

再び、奴――。

ずっと昔、あッというまに、大借金を背負ってしまったことがあった。

奴が、この遊びを覚えたての頃だ。金額を記しても今の金の値打ちとちがうけれど、ある組織の常盆で、十万円の束《ズク》を二つ。個人的に、盆で親しくなった年上の女から一つ。あわせて三つの借金《アシ》があった。それは当時のサラリーマンの年収をはるかにオーバーする額だった。あっという間ではあったけれど、軽く借りてしまったわけではない。その頃は、街方の麻雀荘で千円札のやりとりでも懸命に打っていたのだから、奴としては、その遊びでキッ返さないかぎり、手に負えない額だったのだ。

女の一つはともかくとして、盆から放ってもらった二つは、期間中に返金しなければならない。利子はつかないが、普通は一週間、甘く見て十日だ。相手が組織である以上、トボけることはできない。

とうとう俺も、穴にはまったかな、とそのとき思った。

背負えば逆立ちしたって払えないのだから、借金《アシ》だけは造るまい、と決意していた。他種目で勝った金を持っているときしか、大きな賭場《とば》には行かないようにしていた。キャリアの浅い自分が、借金の心理負担を背負って闘っても勝ち目はないからだ。

それでも、アッというまにできてしまう。できてしまった以上、やるしかない。一万円返せないのも百万円返せないのも同じことだ。奴は年上の女と、翌日、べつの盆に出かけた。

番が来て、胴《オヤ》をひいた。

胴前が、十万の半丁、という定めだ。つまり手いっぱい負けて三十万ということである。当時としては大きい。しかし、胴をひいて勝たなければ、この遊びは大きく勝てない。

二つ、目《ツナ》を振って、胴前が少し増えた。その次の目《ツナ》もかなりよくて、胴前の銭を整理してみると、二十五、六万あった。タネ銭を差しひいて十五、六万だ。

このへんまでは増えるのだけれど、このあとが、たいがいいい目《ツナ》にならないのである。子方《ガワ》は胴前の額を見て、それに合わせて張ってくるから、ひとつわるい目《ツナ》と出れば、なんぼ浮いていようと一度になくなってしまう。

そのときは、錚々《そうそう》たる連中が二十何人ズラリと子方《ガワ》に並んでいた。ここで洗ったって借金《アシ》が半分は返せる。よっぽど洗っちゃおかと思った。

眼をつぶるようにして、引フダを握り、背後に手を廻した。小戻《もど》りの一《ピン》を引く気だったが、汗で、フダもしめってくっつきがちだ。一《ピン》はそのまま繰らずに出せばいいわけだけれど、他の数をひくときと同じ気配にするために、一度四を繰ってから一を繰り直す。

「すみません。入れ直させて貰《もら》います」

奴は、引フダを裏にしたまま、膝の前でかき混ぜ直し、綺麗に揃えて脇へおくと、もう一組の汗に濡れていないのを持ってきて貰って、ひき直した。

さ、入りました——、という出方の声で、子方の張りがかかった。胴前が増えているだけに、皆の張りもいい。負ければせっかくの浮きがパーになるが、勝てば一躍、大銭が増える。

勝負——の声で、一をあけた。

これが総ガラに近い落ち方で、五十数万というたち（利益）になった。

「俺が、はじめて大きくたてた胴だったな。あれは忘れない。年上の女が夢中で転がりだしてきて、銭を算《かぞ》えてるんだ」

と、奴は原完坊に話した。

「フダをとりかえて、いかにも繰るような感じで、一《ピン》——」といって原も笑った。「阿佐田さんがまだ新人の頃だったから、まさかと思ったんでしょうね。それに、はじめからひっかけてやろうと思ってなかったのがよかった」

「そうなんだ。ハメてやろうと思ってたら、気配になって、ダメだったろうね」

「よくありますね。ちょっと慣れてくる頃に、わざと視線を造ったり、繰る時間《タイム》をずらしたりして、ひっかけようとする」

「あれはかえって駄目だね。四点張りだから表も裏も臭いところは皆張られちゃう。ハメようとすると、かえって大があきやすい」

「それで皆、一度は試してみるんだけど、やっぱりオーソドックスに、どの数も同じタイムで、視線を動かさずにひくようになる」

「ところが、オーソドックスでは、結局、力で古手の方が読み勝ってしまう。新人の胴が勝てるのは、ケレンだけど」

「そう。――一、一、一、一、とひくとかね。一、二、三、四、五、六、と無表情に行くとか」

「人生と似てるなァ。正攻法では順当な結果になる。ケレンで勝つしかないが、そのケレンも技巧的ではだめなんだ。タイミングと、一種の棄て身、かな」

「新人時代じゃなくても、勝ち味はそこらにあるんですね」

「一種の棄て身、ってこと」

「ええ。一種の、というところが微妙なんでしょうね」

大阪の旧人たちのホンビキはさすがに肉太で勉強になった。数人の例外をのぞいて、皺《しわ》だらけの老人ばかりで、張り取りで一生を送ってきたのを如実に物語るような面構えが並んでいた。

「顔で負けるな」

「漁師の顔と似てますね」

てんでに張っているのに目《ツナ》が出ると、いっせいに同じところが開く。また、いっせいに落ちる。見事なほどに、皆が同じ考えになっている。

子方《ガワ》で張りながら様子を見ていると、中目（三ケン、四ケン）は大体において捕まえられているように思えた。

「これが一番オーソドックスなホンビキなんでしょうね」

かつて大阪でやっていたことのある原も、こんな粛然とセオリックなホンビキは見たこともないという。

やがて番が来て、奴から胴座に坐った。〝20の20の20〟という方式で、胴前の責任支払い額は六十万まで。ただし、他の者が何割か胴に乗ることができる。

しかし、初顔の奴に乗ったのは、儀礼的に一割乗ってくれた場主と、原だけである。

一、五、二、とストレートに新目をひき、次の新目の四をひいた。最初のうち、様子を見るように張りがすくなかった。この四がわりにいい目《ツナ》になったので、子方《ガワ》の気が旧目（一度振った目）に行っていると見て、また新目の六に行った。

あまりよくない。

それはある程度覚悟している。四点では怖くて旧目に戻れない。五点でなら、戻れないこともない。本来は、戻り目をまじえながらいくのが普通なのだ。

わざと、そのイメージを裏切って新目ばかりをひいてきた。それが原点より多少浮いている。

二、三本ひいて潰《つぶ》されるような醜態だけは避けた。

ホンビキの本場の大阪で、さだめし名のあるだろう胴師ばかりを相手にしているのである。

一生に一度あるかないかの大舞台なのだ。どうしてもそう思ってしまう。

さて、五点のうち、何をひこう。

奴の思惑では、新目新目とひいていって、一点だけ残し、ここで旧目に戻る。そして残った一点の新目をコロして、旧目を小動きしながら振り続けるぞ、というスタイルに思わせる。で、旧目をひとつ振ったあとで、すかさず残り一点の新目に行くのだ。

それを極め球に考えていた。

四点、新目を続けて振ったあと、五点目も新目をひいて、これがいい目《ツナ》になっていれば、子方の意表を突いた形になって、次の戻り目が、どこをひくにせよ、楽なのである。さらに、その次の極め球も、生きてくる。極め球の前の戻り目は、多少わるくてもいいのである。

ところが、五点目の新目が、あまりよくなかった。二度、わるい目《ツナ》を振れば、胴のピンチになる。だから気楽には振れない。このへんが不思議なところで、ピッチャーインザホールとバッターインザホールのちがいがあるのである。

五点の戻り目のうち、三ケン四ケンは引く気はない。奥（フルツキ）の一は、そのあと大外の三をひく予定なので、なるべく奥に眼を集めさせたくない。そうすると口（根、小戻り）へ戻って、口から中をうろうろひく気配にするのが次の目を生かすうえで至当に思われる。

どうせ口ならここは強くひいてみよう。小戻りより根の方が強い目だ。そうして、手につまったときの根は見込みがないが、今ならいけるのではないか。

根の六を振ると、いっせいに子方のフダが開いた。ひくときにどこかキズ（特長があらわになるような欠点）があったのではと思われるような悪い目になった。

次の大外の三は、いい目になったが、へこんでいるところからなので、これで洗うほどの浮きにはむろんならない。最初からやり直しのようなものである。

それからも一進一退をくりかえして、一時間以上も胴座に坐っていたが、決着がつかない。洗うほど増えもしないし、全滅もしない。あまり長いと場主に迷惑がかかるので、原点を少し上廻ったところで退いた。

「びっくりしたなァ、俺、ばくち場で縮こまったのなんてはじめてだ——」

と奴は、帰りの車中でいった。

「子方の顔がでっかく迫ってくるんだよ。ああなると、ばくちも虚じゃないなァ。存在感がある」

「中目をとうとうひいたでしょう。四ケンを。あすこ、いい目になりましたね。もうひとつ続けて、同じようにコロしていた三ケンをひく手はなかったですか」

「怖いんだ。どうしてか、棄て身になれないんだ。それだけ負けてるんだね」

原は胴を潰していたが子方で喰ってうまく遊んでいた。奴も、沈んだわけではない。けれども大きく沈んだときのように疲れていた。

「俺は、七十か八十になったとき、あんなふうにばくちがやれるかなァ」

「駄目でしょう——」と原がいった。「あたしたちは長生きしませんよ。一途じゃないもの。他のことに眼がいっちゃって、バランスをとっちゃうでしょう。そりゃァ、ばくちではコロされないかもしれませんよ。でも病気で死ぬよ。本当にやりたいことだけやってないんだもの、健康に悪いや」

「本物の虚でなくちゃ駄目か、長生きは」

「本物の実か、どっちかでしょうね」

原はそのとき、すごいのが居るのだ、という話をした。

「どんな奴——?」

「競輪競馬——」

「なんだ、競輪か」

奴は、無言で横に居る虫喰を眺め、それからかつての此奴以上の奴は居ないよ、といおうとした。

「それがね、ノミ屋総崩れ」

「珍しくないね」

「珍しいですよ、あたしがいうんだ。まァきいてください」

原は、その道では大手のノミ屋の名前を五、六人あげた。彼等はいずれも、数千万円とられて、手をあげた。

「ノミ屋ってのはね、客に対してなら、たとえ何千万とられたってけっして音をあげません。いつかは客が損すると確信してるんです。この客だけが例外なんだな」

「ツイてるんだろう」

「もう一年以上ですよ。東京のノミ屋たちがその客を受け出してから」

「じゃ、金の勢いだ。それだけ勝ってしまえば、有利に戦える。嘘だと思ったら、仙ちゃんに金を持たせてみたまえ」

「でも、素人のノミ屋も一軒倒しましたぜ」

「素人の——？」

「泡森京三ですよ」

と原はいった。

「あのカミ旦が、よし俺が受けてやろうっていって、三か月でコロされました。今、カミ旦は東京をズラかってます」

「カミ旦がコロされたのか」

「四千万近く、毎週毎週支払って、弾丸《タマ》がつきたようですね」

黙っていた虫喰が口を出した。

「買いはどんな具合なんです」

「結構散らすんですよ。東京周辺で三場所やってると、三十レースありますね。すると、すくなくとも五本や六本は買ってくるんです」

「一レースに集めるんじゃなくて」

「普通、大銭打ちが浮くケースは、固いレースを選んで大勝負ですね。それならわかるんですが。その客は場合によったら毎レースでも辞さないんですよ。だから、たいがいのノミ屋が、噂をききながらも、受けてしまうんです」

「毎日――?」

「ほぼ、毎日です」

「強いね――」と虫喰もいった。

「化け物ですね」

「カミ旦は、それで、どうしたの」

「さァ、はっきりした噂をききませんね。もう六十すぎだし、いいでしょう」

「だって七十八十まで皆やってるぜ。それで、ハコテンになるまで配当《ツケ》たのかな」

「そうでしょう。途中じゃ退かないでしょうね。カミ旦の気持はわかりますよ。元手ができたら、元手を生かすようなしのぎをしたいんです。カミ旦じゃなくても」

「じゃァ、原くんも、もしその客がいってきたら、受けるかね」

「どうしようか、考えてるんですよ」

「え、いってきたのか」

「あたしはどうせ一人じゃ受けきれない。仲間と乗りですがね、やるにしても」

「その客の――」と虫喰がまた口を出した。

「買いを記録してあるだろう。それをひとつひとつ検討していくんだ。それが第一番にすることですよ」

「なるほどね」

「まず相手の実態がわからなくちゃね。どんな考え方でレースにのぞんでるのか。それを調べてから、受けるかどうかきめてもおそくはないでしょう」

「それはそうですね。ですが、買いの記録は残ってないでしょう。御用だ、の場合、証拠になるようなものはいっさい残しませんから」

「そうだろうな」

「だいたい不勉強なんですよ、ノミ屋も。今まで楽に稼げたし、それにこの頃じゃ、大手は、個人とか暴力団とかじゃなくなってきてます。商事会社やサービス業の大手がこっそり部を作って進出してますからね。実際、野球は全国的だし、競馬にしても小地域じゃありません。今、地方の客が多いんですよ。個人企業のノミ屋の時代じゃありませんねえ。その対策に追われて、だからあぶない橋でも渡ろうとするんですね」

「しかし、記録が残っていて、その客の買い方を盗めれば、ノミ屋より買いに廻った方がいいな」

「そうなると、客の方も会社組織にしたりしてね」

「もちろん、会社ですよ」

「おや、個人じゃないのか」

「関東の各レース場に一人ずつ派遣しています。ここがアイディアだと思うんですが、派遣員に金を持たせて買わせるということはしない。今まではこれでまちがいがあったりしたんですからね。派遣員は一レース終るごとに、結果とレース展開を電話で本部に報告するんです」

「なるほど――」

「その他、だいぶ人手が居るようですよ。なにしろ、月商数億の取引きなんですから」

「日進月歩だなァ、どの社会も」

「ところで阿佐田さん、一丁、乗りませんか」

「俺が――？　金がないよ」

「一割でも、二割でも、いいですよ」

原完坊のつるっとした顔が微笑していた。

「いや、やめとこう。――あぶない、あぶない、もうちょっとでひっかかりそうになった」

原が、爆笑した。

「相手が原くんのところに入れてきて、おそらくレース直前だろうから、そのいちいちを俺はきいてるヒマはないよ。今日は一千万やられました、っていわれればそれまでだ」

「そりゃそうですね。やっぱり素人は巻きこめないか」

「しかし、作り話かね。それとも――」

「本当は本当なんです。でももう少し、奥がありましてね。八百長師《つくりし》がからんでくるんです。今、八百長《つくり》は現場じゃ買いませんからね。皆、ノミ屋に入れるんですよ。その方が安全だし、配当率も変化しないし」

「よくノミ屋が受けるね」

「くずれがありますからね。八百長はそう怖くないです。一日五レース以上買うこと、という条件をきめればね」

「じゃァ、あんたは、受けてみる気だね」

原は、ちょっと笑顔を消した。

「あたしもそろそろ中年ですからね――」

「中年だから――?」

「不正業なりに、少しずつ大きなことに移行していきたいですよ」

「ダッシュするわけだ――」

「ダッシュね。不吉だな。チャランポランダッシュですがね」

「裏目と出て、倒れたら――」

「倒れませんよ、あたしは」

「でも、カミ旦すら――」

「カミ旦はね。でも、あたしはそうはいきません。負けても、負ける恰好がありますから」

「それでも、倒れちゃったら」

「子供と女房を殺して、死にますよ」

「そういうと思った」

といって奴は笑った。

続・麻雀新撰組――。

原完坊からの借金の額は、その時、お互いのノートに、16、と記入されていた。百六十万円である。当初百万を資金として借りて以来、数年にわたっているから、ほとんど増えていないといってもよい。

原は、この件に関しては、どういうわけか、ほとんどゲームをやっているような顔つきであった。一夜一割、と最初に定めたが、張り取りのある晩はきちんとその割で利をつけたが、その他の日は月一割の計算になっていた。そうして奴は、利子だけは張り取りの合間に払っていた。

だから、記入された数字は、数年間にばくちのために借り入れられた数字ということになる。もちろん、知友とのサロン麻雀はこの計算の中に入っていない。奴は、家計費の中から払う気はなかったし、原も、そんなつもりはないようだった。

しかし、まァ、麻雀新撰組に記述を戻そう。実をいうと、阿呆集団と銘打って結成したものの、雑誌のうえでの話題や若い人の関心の方が先行してしまって、あまりやることがなかった。

本当に阿呆なことをやってしまっては、こちらがひっくりかえってしまう。阿呆なようで、阿呆でないことというものは、面白くない。むずかしいのである。

阿呆でなく見えて、実は阿呆なことというものはたくさんあるけれど、その多くは、きわめて普通の市民がやっていることで、特に注目を集めるほどのことはない。

奴にしても、小島にしても、古川にしても、プライベートには阿呆なことばかりやっていて、そういう地を公共の場で出すわけにもいかないのである。

ときどき、例会と称して、顔を揃えて遊山旅行をした。その何回目だったかが、福島県の平だったと思う。

三人の他に、初代名人位についた青山敬という青年、作家の清水一行の弟子で新宿あたりでブウ麻雀を打ちまくっていた板坂康弘、小島の後輩の三輪洋平や古川の後輩の青柳賢治などの若手も居たかもしれぬ。

青山は麻雀も競輪も腕ききで、しかしこのタイプにありがちのアクがうすく、スマートな御家人といったタイプの魅力的な青年だったが、文具卸商の跡とりで、この頃すでに遊びの時期を卒業しかかっていた。

考えてみれば、小島も古川も青山と同年代で、こちらは揺るがず遊びのペースだというのは、青山のように安定した位置に恵まれなかったからであろう。

板坂康弘は、東北大を出た素封家の息子であるが、祖母に育てられたせいか、内弁慶なところがあり、そのくせ刺激好きで、各種のばくちに手を出す。

その板坂が、旧知だというスポンサーをみつけて、麻雀の専門誌を造るのだという。

とても駄目だ、まだ早い、と奴はいった。そうしてその理由を列挙した。

一、麻雀は賭《か》け事であり、賭け事は演じるもので、読むものではない。

二、ドラマが小さく、そのうえ毎月新しい事象が展開されるというものではないから、すぐに企画がゆきづまり、マンネリズムになる。

三、人気を背負うべきタレントがまだ居ない。

これに対して板坂は、反論をしてきた。

一、浮動票にしろ、麻雀人口は数千万人居る。このうち五パーセントが読んでくれても商売になる。

二、雑誌として今まで例がなく、大手が狙う企画でもない、穴的面白さがある。

三、碁将棋だってスタート時は形が整備されていなかった。

よく占えば、いくらでもよい面が出てくるし、わるく占えば、いくらでもわるい面が出てくる。とにかくやってみる、と板坂はいった。

そういわれてみると、阿呆と阿呆でないこととの境い目というのは、こんなところにあるのかもしれないという気もする。

板坂は、一人遊びにこるときのように楽しげにばたばたと走り廻っていた。スポンサーの野口は鉄道関係の本を出版していた人だったが、初対面のときに、

「新撰組の三人だけを重く見るような傾向があるのはどうしてですか」

と半分なじられた記憶がある。

けれども、今、この雑誌の創刊当時のバックナンバーを出して目次を見ると、小島も古川も、意外に顔をほとんど出していない。

青山敬が新スター格で、板坂がみつけてきた慶応OBの田村光昭のヒッピー風軽文章〝麻雀ブルース〟が若者たちに受けた。その他は、既成の麻雀組織のヴェテランたちがほとんどページを埋めている。

小島や古川がページを大きく埋めだしたのはこのあとなのであろう。

このときには、麻雀名人戦というタイトル戦と、知名人による腕自慢勝抜き戦と、二つの週刊誌で麻雀の読物が続いており、活字になった目新しさもあって、一見、盛況を呈しているように見えた。

板坂の造った麻雀専門誌も、予想以上に売れた。そうして局外者には新撰組のメンバーがこれらのページをセット的に占領しているように見えた。

実際、これらのいずれにも、奴は背後で関係していて、大きな発言力を持っていたといえよう。各誌とも、根本の演出は奴の示唆に頼っていた。しかしそれは、純粋に企画のことに関してであり、人事について排他的だったわけではない。

麻雀原稿を専門に書こうという阿呆は、その頃居るわけがない。それまで手引書などを書いていた旧人たちは、それぞれ麻雀愛好者組織のオーナーであって、原稿書きではない。青山敬は原稿を書かず、青山に続いて第二期名人になった大隈秀夫は新聞記者出身の評論家であって、麻雀原稿などにあまり手を染めない。他に頼もうにも人が居なかったのである。

奴も、週刊誌の観戦記者を七年余もやった。毎年、ゆずる気で画策したが、古川凱章にゆずるまで、適当な人物がみつからなかった。

「タレントさんたちに出てもらって誌上麻雀の人気をつないでいる間に、専門の打ち手や書き手を育てるのだ」

といっていたが、ついに今日まで、一、二をのぞいて育ってこない。

翌年の第三期名人戦は、古川あたり、その二十日くらい前から禁酒して体調を整えるという騒ぎだった。古川は、タイトルをとることによって、麻雀タレントとしての格をつけようと思っているらしかった。

「しかし、現状ではまだ、タイトルをとったからって一般ジャーナリズムが眼を向けてくるわけじゃないと思うな。まだそれほどの権威はないよ」

「そうでしょうけど、取らないよりはいいでしょう」

「それより、いい原稿を書いた方が、てっとり早いよ」

「でも、ぼくも原稿は昨日今日書きはじめたばかりですし」

「しかし、タイトルをとったって、原稿が拙《まず》けりゃこの世界じゃまだ喰えないぜ。タイトル戦の賞金や対局料じゃ喰えないんだから、打ち手として強くても、喰う道にはつながらないだろう」

「ええ——」

古川の考えは、原稿は急には上達しないから、手に入っている麻雀の方でとりあえず肩書をとっておいて、時間を稼ぎたい、ということだったろうか。

ところが小島も、同じくらい眼の色を変えてタイトルを狙っていたらしい。挑戦者をきめるトーナメントの第四戦に、出おくれて、灘麻太郎が中盤でハネ満をツモって先行していた。小島は後方凡走。ここで勝たなければ挑戦圏をはずれる。

今、ハネ満をとって首位になった灘が、左肱《ひじ》を卓に乗せ、ちょっとだらしない恰好で打っていた。

すかさず、小島が一喝《いっかつ》した。

「やりにくいよ。その左手をひっこめてくれないか——」

皆、無言で打っている中で、その声は大きく響き、灘は無言で手をひっこめた。灘はその頃まだ髭《ひげ》も伸ばしておらず、髭のない灘を見ると、存外に優しげな顔をしている。おそらく、小島の声が平素とちがってとげとげしかったので、ちょっと意表をつかれたのであろう。せっかく主導権をつかむチャンスが実りかけていたのに、このあと鳴かず飛ばずになり、結局小島の追込みがきいてしまった。

その頃の灘は、どうしてか勝負弱いところがあり、この翌年だったか、黒棒何本かの差で挑戦権を奴にとられている。

前年度の優勝者大隈秀夫に挑戦するのは、小島、古川、麻雀連盟で彼等とほぼ同期の金田英一、天野大三の牌議院所属の、池戸という中年だった。

金田がツカなかった他は、それぞれやり場があり、面白い一戦だったが、古川はこの絶好調で、ほとんど負け知らずではないか。このときも古川はほとんど沈まず、最後には圧勝になった。

小島は三着。このときの決勝戦で、前名人の大隈がいうところでは、兄弟分二人が八百長をしたという。古川が振った打牌が当らず、その一巡後、大隈の振った打牌で（まったく同じ牌だった）小島があがった。

しかし、このときは速記牌譜も残っているが、一巡の間に小島の手牌が変ってテンパイしていた。大隈の見ちがいである。

しかし、麻雀専門誌のタイトル戦王位戦では、新撰組の連中が反則を犯した。

やはり予戦の最終戦で、奴、小島、古川、田村、というメンバーがくじに当ってしまった。

全員、新撰組というのはやりにくいから、くじびきをやり直してくれと申し入れたのだが、ききいれられなかった。

このときは、小島、古川はともに不調で、挑戦権の圏外に居た。田村がすれすれの微妙なところ。奴は、全体の二着で、ハコテン近くならない限り大丈夫という位置だった。

「まァ、ゆっくりやろうや――」

と誰ともなくいった。

「他の卓が終ってから、その気配を見て打てばいい」

それというのは主催者側の手落ちで、毎回早く終った卓の成績を公表してしまっていた。それを横目に見てやれば、すれすれの田村はひどく打ちやすい。

もうあきらめている小島と古川は、手をがめって突っぱり、しかしテンパイにこだわらずにオリてしまう。流局が多いから時間を喰う。

奴は、別の卓でオヤ満を一度作った。一万二千をツモったのだから、もうこれでいずれにしても決勝戦には名を連ねられるだろう。

南場で古川が猛烈に連チャンしはじめ、奴はタジタジとなったが、その最中に流局もあり、流し満貫などをやって、ツモられた分をとりかえした。

もう終った卓の打ち手が、こちらの卓の方に来て観戦している。

手早く打とうぜ、とは奴はいえない。自分は決勝戦に残れそうだから、あとはどうなとかまわない、といっているようなものだ。

小島は毎局、国士無双をわざと狙って、テンポをおそくしている。

オーラスの田村の親。

パタパタとあがって蹴るわけにもいかない。しかし、わざと手を崩すこともできない。なるべくむずかしい手を狙う。

田村もまたツイていなくて、リーチをかけたが、ツモれない。流局寸前で、国士無双をテンパイしていたらしい小島が、ハイテイ牌を持ってきて、オリた。

オリたが、ハイテイでツモってきた牌も、安全牌だった。つまりオリる必要はなかったわけだ。小島は、奴や田村ばかりでなく、背後で観戦している選手にまで、笑いながらその牌を見せた。「オリなくてもいいけど、オリてやった。田村くんにノーテン棒を寄付するよ」

このへんが彼の天衣無縫の無茶なところなのだが、公式のタイトル戦でノーテン棒を寄付するのはおだやかでない。

しかも結果的に、すれすれのところで田村が、決勝のメンバーに残ってしまったのである。

はたして、そのために落ちた選手からクレームがついた。

古川は、むっとしたような顔で、無言。田村だって、自分が頼んだわけでもない不明朗な場面にどう対処していいかわからない。主催者は弱りきっている。

「結局、これは新撰組の問題だ。俺が全責任をとって、自粛欠場するよ」

と、奴はいった。奴が退くかわりに、田村と、次位の選手がくりあがった。

その場はそれでおさまったけれど、麻雀新撰組は、八百長集団として方々からいためつけられた。

しかし、この件に関する限り、理はそちらの方にあるのである。

このときは古川も第三期名人という肩書を持っており、麻雀雑誌は、小島、古川、という二人を両輪のようにして雑誌をつくっていたので、小島を深く処罰もできない。

だから表面は何事もないかのようだけれど、底の方にいろいろな問題がうねっている。

麻雀界というと、これまでは、日本麻雀連盟という古くからの組織があり、東京では、ここから分れた麻雀道連盟、牌議院と二つあり、地方にはそれぞれ独自の組織がある。

ところが麻雀専門誌が二、三種類に増えて、新しい麻雀勢力みたいなものができた。その新しい麻雀勢力の代表が新撰組と見られていたので、旧い勢力から新しい勢力への圧迫という形で問題がわだかまっていくのである。

かんじんの小島武夫は、そんなことはもう忘れたようにケロッとしている。

旧い勢力である愛好者グループは、それが公共の組織として名乗りをあげる以上、市民道徳に守られたゲームを標榜《ひょうぼう》するのは当然である。同時にその点が、新鮮な魅力を欠き、麻雀雑誌のタレントとして不適当な部分でもある。

新しい勢力は、市民道徳よりは、今日の若者の状態により近い形で発足し、その点でアピールしたが、同時に無道徳なゴロツキ集団と見られてしまう。そこが面白い。

要するに、麻雀のタイトル戦なんか、シャレじゃないか、そんなにうるさくいうなよ、といいたい気持も奴にはあるのだが、新撰組の内部でもさまざまな意見があった。

古川凱章は、もともと実直で古風な人物であるが、今度のことでも、小島の軽挙妄動《けいきょもうどう》に一番批判的であった。彼は名人位をとった頃から文章もメキメキうまくなり、麻雀原稿に関しては、古川スタイルの話法を身につけてきた。

一般的な人気は小島の方があるけれども、麻雀雑誌でも買って読もうという若者には、古川に接近した方が、実になることを教えてもらえそうな気がする。

古川が何か書くと、どんなに観念的なことであろうと、いかにもそのへんに転がっているように思える。

古川のところへ、麻雀マニアの若者たちが集まりだした。ほとんど同時に、麻雀雑誌の片隅に、内弟子を求む、という広告が出た。

「あれは、なんだね――」

と奴はいった。

「君、シャレじゃなく、弟子の養成なんかを考えてるのかね」

「ええ、およばずながら、本物の雀士を育ててみようと思います」

「本物って、どういう雀士？」

「例えていえば、阿佐田さんみたいな」

「しかし、俺はひとりでにできあがったんで、師匠なんかいないからね。それに、まだ人生を知らない若者をこんな道にひきずりこんで責任が持てますか」

「いや、責任なんか持たないですよ。当人が、やりたいといってくるんですから」

「ふうん――」

「街で、中途半端にごろついてる若い者を見ると、活をいれてやりたくなるんですよ。やるならちゃんとやれ。ちゃんとやれないならやめろって」

「そういうふうに容喙《ようかい》するなら、一律に、やめろというのが無難なんじゃないの」

「でも、一人や二人、本物に育つのがいるかもしれません」

「何十人に一人か二人だろ。あとの何十人はどうなる」

「捨石ですね。実験ですから――」

奴は、だまって古川の顔を見ていた。この男も、おとなしそうだが、小島に劣らず奇矯《ききょう》な男だと思った。

あとできいたら、古川の弟子募集には、数十人もの若者が来た。中には地方の警察署長の息子が居て、親がちゃんと承諾したそうである。

第四章　散りぬるを我が世誰ぞ常ならむ

再び、奴――。


どうも、せっかく結成した麻雀新撰組だったが、思ったより面白くいかない。

マルクス兄弟にたとえれば、グラウチョが奴、唖《おし》のハルポが小島、チコが古川なのだけれど、各人の動きがばらばらで、ギャグネタが不足している。

素材としては一人一人がうってつけなのである。多分、緻密《ちみつ》にして強引な才を持つ演出家が不足していたのであろう。その任に当たるべき奴が、放任主義だから、仲間に意図が徹底しない。

小島武夫は、ハメをはずすのは結構だが、先のことを考えないからエラーが多い。

古川凱章は、逆に、一人合点な理想を追って、古川麻雀塾などこしらえて力みかえっている。

小島は虚に生き、古川は虚を実に変えようとする。なるほど、素材どおりのことをやっているのだが、その素材を市民社会の中にユニークに生かすためには、虚にして実、実にして虚、という往復運動をくりかえさなければならない。そこの足並みが揃わないから、1+1+1が五にも六にもならない。

一番いけないのは、奴自身が、麻雀に情熱を欠いていることだった。小島や古川は、とにかく麻雀で生きようとしている。奴は、そういう顔をしてはいるが、麻雀を材料にして曲芸を演じてみようとしたまでだ。で、足並みが揃わない。それは奴がいけないので、トリオを結成した以上、奴が、二人にこの点を合わせなければいけなかったのだ。

だから、いったのさ。私は、奴に、そういってやったんだ。

「おい、柄にない遊びをやってると、いつか足を踏みはずして墜落するぜ」

奴はこういった。「柄にないとはどういうわけだ」

「お前はもう年だよ。この遊びはせいぜい三十代までだ。血気さかんな奴のやることさね」

「年齢は、忘れてるつもりだがな。俺は若いときにグレたっきり、いまだにグレてるんだ。正月と誕生日にしか、年齢は思いださない。子供でも居ると、子が育つにつれていやおうなしに年を喰うが、俺は幸い、そういう足枷《あしかせ》がないから、遊びじゃまだ他人に負けやしない」

「そうでもあるまい。麻雀は、もう駄目だろう」

「――ああ、駄目だ。麻雀はな。完全に反射神経が鈍った。麻雀のように長時間、小休みもなく続ける種目は、辛い」

「そうれ見ろ」

「しかし、他の種目ならなんでも来いだ。カーポにチンチロリーン、バッタ巻きにルーレット、ジャッキーに入りますゥ、武芸十八般、途中で休み休みできる種目ならば、今でも暗黒街にだって通用するよ。俺みたいなオールラウンドのプレイヤーはちょっと居ない」

「そうだろうか」

「そうさ——」

「よく考えてみろ。さむいんじゃないのか」

「さむいかな。——そういえば、暗黒街ではちょっとさむいかもしれない。俺は専門職じゃないからな。しかし、素人相手なら」

「お前はたしかに反射神経が鈍ってる。持病もあるし、体力がない。だが、若い頃のような成績をあげられなくなった原因は他にもあるんだ。よく考えてみろ。——そうだ、過ぐる年、柴田錬三郎さんと闘った晩があったな」

「ああ、あった」

「あの晩はどうだった」

「負けたよ」

「負けたな。その負けっぷりを思いだせ。あの晩に限らないが、昔のお前は、ああいう負け方はしなかった筈だ」

「しかし——」

大分前のことだが、当時、ブラックジャック（ドボン）で柴田錬三郎さんは素人離れした強さを誇っていた。我こそはという者がさかんに挑戦したが、いずれも敵《かな》わない。

特に絵フダの起こしが強く、エースに絵フダをからめるトッピン（倍役）をすぐ作ってしまう。場合によると、十九からもう一枚ひいて、二をひき、二十一にしたりする。

カードに目印《ガン》しがついているのではないか、と噂《うわさ》された。しかし、カードはアメリカで、というより世界でもっとも信用のあるメーカー〝ヴァイスクル〟の新物を封を切って使うのである。

しかし、封は、一度ほどいてまた封をするくらいはそれほどむずかしい作業ではないし、ヴァイスクルだといって、あとで加工できないことはない。

そう思った某と某が、ある日、ヴァイスクルの新物を一ダース買って持参した。今夜はこれでやりましょう、というつもりだった。

「いつも、お宅のカードを使ってしまってわるいから、今日は我々で新物を買って来ました」

「ああ、そう。それはどうもありがとう」

シバレンさん、毫《ごう》もたじろがず、そういってその一ダースのカードを洋服ダンスのひきだしにしまい、常備してある新物をとりだしてきて卓の上においた。

その洋服ダンスのひきだしには、ぎっしりとヴァイスクルの新物がつまっていた。そうまでされて、いや、私たちのカードでなくちゃいやだ、というのはカドが立つ。だいいち、シバレンさんの方が、君たちのカードには仕かけがあるからそうこだわるのだろう、というかもしれない。

結局、目論見《もくろみ》は何の役にも立たず、某氏たちはその夜も敗退したという。

シバレンさんのカードの強さに関しては、さまざまな逸話があるが、間に立つ人があり、また、シバレンさんも、ばくちに関する奴の虚名を知っていて、一戦交えようということになった。

奴は、実は、カードの中でもこの種目だけは、あまり深入りしていないのである。国際ルールのブラックジャックは国外のカジノで横眼に見ているが、これはあまりにハウスに有利なルールなので手を出さない。あれは、競馬と同じでアマチュアの遊びだと思っている。

一方、日本ルールのドボンは、役が多く、ツキがかたよるゲームで、遊びとしては面白いが、玄人は嫌う。したがって、奴のような男はあまりやる機会がない。

昔なら、自信のない種目には、誘われても応じなかった。現に、もっとも仕掛けが横行しているポーカーは、見知らぬ人間が混じっている限り誘われても応じない。

ところが相手がシバレンさんだと、応じてしまう。面白がってしまうのだ。ばくち打ちとしては、それだけで落第である。

奴と、某氏と、シバレンさんと、三人勝負で、各自百万ずつ現金を用意しようということになった。

奴ばかりでなく、某氏もシバレンさんとは初対戦である。某氏は、来るまで国際ルールのブラックジャックだと思っていたらしい。シバレンさんから日本式のルールを説明されて、某氏はちょっと難色を示した。そんなルールで遊んだことはないという。

とにかくゲームはスタートしたが、国際ルールと日本ルールでは、かなり要領がちがう。某氏はすっかり消極的になって張りも小さい。

しばらく戦っていたが、やはり、不思議にトッピンが多い。そればかりでなく、シバレンさんはこの種目一本で来ているだけに、ゲームが手の内に入っていて、しのぎに無駄がない。仕掛けがないとしても、技術的にはとてもかなわない、と奴は思った。

けれども、ばくちというものは、ゲームの技巧だけではないのである。もっと大きく、ばくちそのものを手の内に入れているかどうかによって、影響が出てくる場合がある。くりかえすけれども、ばくちは、一局面の勝敗の積み重ねであると同時に、全体のつかみかたがものをいう。七勝三敗が一勝九敗に負ける場合がある。

で、長い時間をかければ、バランスをとることも可能だと、奴は思っていた。

「たしかに相手が優勢だった。相手が先取点をとって、ひと風吹かしている間、こちらは消極的になってその風がピークを越すのを待っていたんだ。俺は持ち金の半分近く無くなっていたが、プロセスだと思っていたよ」

「だが、そこで勝負は終ったな」

「ああ。某さんが、二、三時間した頃、勝てないと見て投げたんだ。はじめるときは三人とも、夜を徹して戦うつもりだったんだが、ルールに馴れていないからといって、某さんが終ろうといった。そういわれれば仕方がない」

「某さんをはずして、二人勝負《サシ》をする手があった」

「シバレンさんも、勝っている身だから、終了に異存はなかった」

「昔のお前なら、しつこく喰いさがったぜ。見栄も外聞も捨ててな」

「そうだな。年齢だろう。それに——」

「今は専門職じゃないからな。今は、多少の負け金は払える」

「いや、文無しだがね」

「文無しだが、いっとき仕事量を増やせば、なんとかしのげる」

「いや、働き者じゃないから」

「実際には働かないから困るが、気持のうえではそう思う。見限りがいい」

「それはある」

「ばくちをやる資格がないよ。お前は昔から、気質的にはいい恰好しィだったが、多少のゆとりが気持のうえでできてから、特にそうなった。そこでばくちを、やめるべきなんだ」

「ああ。だから、本当のばくちをしようとは思わない」

「しかし、堅気の人間でもない。身分不相応な遊びに手を出す。いいかね、すべてのばくちにいえることだが、もっとも重要なポイントは、退き時なんだ。いつ、やめるかだ。負けているときはやめづらい。しかし、勝っていて、ここぞ、というときにも、すっと立てない。これが素人さ。ばくち場の種目は皆その点をトリックに使っている。半チャン麻雀だけは例外だが、他のどの種目も、ゲームに区切り目を作っていない。自分で立たない限り、いつまでだって切れ目なくやれるのだ。そうして、半チャン麻雀はばくち場の種目に入っていないだろう。旦べエ(客)は、自分が勝っているとき、周囲を配慮してにわかに席を立ちがたい。立つにしてもタイミングがすこしズレる。そのズレた分だけがハンデになる。玄人は、ここぞというときに有無をいわさずに止める。ここは大事なところだぞ。皆が勝ったり負けたりしている。技術が大差なければ、全勝も全敗も居ないだろう。ツキも均等にある。勝負がきまるのは、勝ったピークで止められるかどうかだ。そこがポイントになっているから、旦那は四割のハンデを背負っているのだ。しかし、お前は旦那になるほどの余裕はあるまい」

「そんなことはお前にいわれなくともわかっているよ」

「ばくちをやめるべきだ。ばくちは自分の都合だけを押し通すものだ。自分の利害だけで動くのだ。そういう下郎の遊びなのだ。だが、お前はもう下郎になりきれていない。ばくちをやっていながら、何か他のことを考えている」

私の小説の方の師匠の藤原審爾が、ある日、奴にでなく、私にこういった。おや、あの男はとうとう、本気で世間に向かって看板をあげはじめたのかね。

麻雀新撰組など作って、マスコミを煙に巻きはじめたときだ。それまで、奴が遊び呆けていたときも、仮りの顔つきで麻雀小説を書きはじめたときも、あの人は笑って何もいわなかった。麻雀新撰組のときは、笑わなかった。

「ばくちをやめろよ、わるいことはいわない」

「俺は、本気でばくちをやっているわけじゃない」

「ばくちの真似もやめろ。無駄なことだ。本気でばくちをするのなら、いいもわるいも仕方がないが、ばくちの真似なんか、百害あって一利なし」

「野球選手は、一生、野球が忘れられないというからなァ。俺は、ばくちで、この世の味を知ったんだ」

「昔のことを思い出してみろ。お前は二十歳すぎに、あの社会から足を洗おうとしたことがあったろう。あのとき、ばくちでは自分は一流になれないと思ったのじゃなかったか」

「そうだ。俺はとことんハングリーじゃなかったようだからね。生家があって、両親がまだ生きている若僧なんてのは、あの社会じゃしのげないね。結局はコロされるだけだと思ったから」

「つまり、本物の下郎になれなかったんだろう。お前が、ばくちに関して何か矜持《きようじ》を持っているのなら、大事なことを忘れてるね。負けるばくちをやらないということだ。不利な条件があるかぎり、手を出さない。お前は、退《ひ》けどきに席を立てなくなった。ではやめろ。やるなら、相手の首ッ玉にかじりついても勝つまでやれ」

シバレンさんとの夜は、まだ後に話が続くのである。奴は、みずから恥じて、それを口外しようとしない。

その後はこうだ。シバレンさんの仕事場を出て、某氏と別れた。まだ十二時をすこし過ぎたばかりだった。

懐中の金が四十万あまり減っている。もともとは原完坊から出た、利子つきの金である。減ったままで、まだ奴にとっては宵のくちの時刻に帰るのは、気にそまない。

そればかりでなく、シバレンさんとの闘いが、あまりに一方的にすぎた。技倆《ぎりよう》が風を招かなかったということもあるが、このあともう少し続けていればチャンスが到来しておかしくなかった。バカラでもチンチロリンでも、ブタ目が続いたあとは張りこめという鉄則もある。

試みに、そう遠くないところにある溜り場に電話してみた。場が立っていた。

ポーカーだったが、奴が思ったとおり、風が吹いてきて、朝までに、シバレンさんのところで負けた分をキッ返して、そのうえに百二十万ほど浮いた。

負け組のうち二人までがハコテンになって、ゲーム終了となり、帰ろうとしていると、負け組のうちの一人が、銀行がもう開く頃だし、走っていって現金をおろしてくるから、もう一勝負やってくれないか、といった。

奴が帰れば、他の者はいずれも負け組で場がさからない。

いいですよ、もう一、二時間ほどなら、と奴はいった。

再開した直後に、7のフルハウスが入り、ジャックのフルハウスに負けた。それがきっかけで風がチグハグになり、浮いた百二十万をそっくり張り流した。

「何を考えている——?」

「いや、なんでもない」

「シバレンさんは、あとでこういったそうだな。あいつと今度やるときは負けるかもしれない。一度だけでやめておこうよ。——相手の方が役者が上だったな」

「俺は、しかし、よかれあしかれ阿佐田哲也だ。その看板でメシを喰っていた。挑戦されて、ばくちはやめてます、とはいえない」

「出て行っても誰も尊敬しない。負ければ軽んじられる」

「しかし、ばくちは大なり小なり、誰でも手傷を受けるものだ。その看板をあげている俺が、手傷を避けて澄ましかえっているという法はない。俺は身体も利かない。病気があって極度に疲労する。知ってるかね、徹夜で遊んだあとは、五、六時間、七転八倒するのだよ。出ていけばズタズタにされる。しかしそのズタズタが、リアリティだ。それを避けていたんじゃこの看板をあげていられないよ」

「自分に溺れるというやつだ。望む方が無理だが、ばくち打ちは聡明《そうめい》でなくちゃならん」

「そうだ。一人合点だ。だが考えてみろ。麻雀で、誰が勝っているといったって、俺ほど麻雀を喰い物にした奴は居ないよ。若いときから今まで、実戦で、原稿で、いろいろな手段で稼いできた。その点ではどんなばくちのプロだって俺におよぶまいよ。今になってサロン麻雀で負けるくらい、麻雀に対するリベートみたいなものさ」

「此奴も、腹ン中じゃ卑しいことを考えてるんだな」

「それぱかりじゃない。いかに勝つか、ではなくて、いかに負けるか、ということならば、俺は誰にもひけをとらない。四十年間、ばくちをやって、いつもひィこらひィこらしているようだが、俺が本当にばくちでバランスを崩したのを見たことがあるかね。ばくちは、長い目で見れば、誰にも収益をもたらさない。戦争が結局は人間のためにならないように。ばくちの場合、金持ちは金を失う。貧乏人で負けない奴は健康を失う。両方失わない頑健な奴は人格を破産させる。誰も勝つ奴は居ない。では、勝ちでは比べられない。どっちが潰れないかだ。俺は今、気力でも体力でも劣るからズタズタにされるが、だが潰れないぜ」

「いうことはそれだけか」

「もっといってやろう。退け時に立てないが、この年になって、退け時にきっちり立てば、勝負には勝つかもしれないが、人格に歯どめをしてしまう。負けるよりは勝った方がいいが、勝って人格を失いたくない。負けてそのうえ人格まで失うのはいやだが、負けるだけなら怖いものか。ただ、暗黒街では適当にしているよ。ばくちに呑まれたくないし、呑まれないという自信のあることにしか手を出さない」

「では、何故やる。やらないのが一番いい」

「俺とばくちとの関係は深い。何に対してもそうだが、虚にして実、実にして虚だ。ばくちをやりながら、本当のばくちは打っていない。或いは、ばくちはやらないが、誰よりもばくちを打っている。どっちだって同じことだが、そうなったときに、ばくちというものと妥当な関係が生じるんだ。ばくちに呑まれないということはそういうことなんだ」

「大きな口を叩いたが、では今後を見ていてやろう。お前の計算はどこかで齟齬《そご》が出てくるはずだがね——」

山中一樹——。

古川凱章の古川麻雀塾には、常時十人内外の若者が集まっている。

古川という人は諸事にわたって慎重居士だが、いったん何かをやりだしたとなると凝り症になる。だから困るのだが、この場合もご多分に洩れず、仕事部屋と称してマンションを借り、出奔してきた者たちの寝場所にあてた。

おそらく古川の心づもりとしては、若い頃の自分たちと同じように、箸《はし》にも棒にもかからず、結局はオーソドックスには生きていけない奴等のために、基本的な支えとなり、あわせて根性も植えつけ、彼等流に生きていけるようにしたかったのであろう。

不良少年更生施設は、建前であれなんであれ、彼等を一般社会に馴致《じゅんち》させるためにあるが、この場合は不良少年を本物の不良少年にするための塾と考えてもよい。そこが奇想であり、一種の魅力もある。

けれども、古川が考えるこの場合の理想像は、実際には、よぎない事情とか、やむなき環境の中で、ひとりでに仕上っていくもので、しごき鍛えればいいというわけにはいかないのである。そういう観念的な生き方ではないのだから、古川の熱意は空転するし、また何かを得られると思って集まってきた若者たちも、何も得られずに貴重な若い時間を無駄にしてしまうだけになる。

学生も居た。学校をやめてきた者も居た。もちろん街方のぶらぶら小僧も居た。しかし、皆若い。多くは二十歳前後、十六、七の者も居る。

「隊長がやらないから、かわりにあたしがやるんです」

古川は第三者にそういったという。そうして、奴がその挙に不賛成であるのを承知で、ときどき、奴の巣へ若者を連れてきた。多分、その中の目をかけている者だったのだろう。

此奴は免許証を持っていますから、遠出のときは使ってください、とか、此奴は背が高いから大掃除のときは便利ですよ、とかいった。

そうしてしばらくたつと、それ等の若者たちは彼のところから姿を消していた。訊ねると、ちょっと、不都合があったのでクビにしました、という。

古川は、自分のイメージどおりの若者が現われないのにいらついている様子で、頻々《ひんぴん》とクビにしていたが、代りはすぐに埋まる。

「どうも、根性のある奴がいなくて、困ります。あたしたちの若いときとはちがいますねえ」

「しかしね、それは雑誌で募集したってむりだよ。皆、若気で応募してくるだけなんだから。その連中を〝特殊〟にはめこんでしまうのは無茶だな」

「もちろん、あたしが会ってみて、かなりふるいおとしてるんですが」

「それにしてもさ。あんたがどうしてもそういうことをやりたいんなら、気長に自分で歩きまわって、どうしてもこれしか生きようがないという本物をみつけるよりしようがないよ。そこの見定めが肝心なんだ。そうでなけりゃただの若者を迷わすだけだよ」

古川は黙ってしまう。彼は無口でもあるが、いろいろと内心で奴に遠慮していて、言葉を呑みこんでしまう。だから話が徹底したところまでいかない。

募集は一度だけだったかもしれないが、その種の若者たちの間に口こみで伝わって、あとがまはすぐできる。そのうえ、麻雀雑誌が若いタレントを欲しがって、新人戦などを企画する。阿佐田哲也杯という一般公募スタイルの新人戦がある。奴は名前だけで、雑誌社がやっているのであるが、古川の試みに反対しているくせに、奴も、その会場で一人の若者に眼をつけた。

その若者は地方都市の高校を中退して、芝居をかじったり、ラジカルな一派に首を突っこんだり、デザインを習ったり、まァロマネスクな方向をうろうろしていたらしい。体力があって、おっちょこちょいで、小成していない。そういうところが、ひょっとしたらタレントに、いいかえればピエロになれる可能性をはらんでいるかに見えた。

小島武夫を、坊《ぼ》ん坊《ぼ》んにしたような感じである。或いはまた、大昔の奴を、もっと明かるくしたような感じにも見える。

それからしばらくして、旅の途中でその地方都市に寄ったとき、一夜、山中一樹というちょっとカッコのよい名前を持ったその男をホテルに招《よ》んだ。

ひと晩、接してみると、明かるい大味な点は変わらなかったが、思ったより小利口だったり気を使うところがある。商人の息子でもあるのかな、と思ったが、彼の方も一生懸命奴に気に入られようとしていたのかもしれない。

山中は、十八歳だといった。

「十八といえば、俺はもういっぱしだったなァ。何人もの不良少年の面倒を見てたよ。もっとも、乱世だったせいもあるがね」

「乱世というのは、どんな感じですか」

「皆が、ゼロという点で一列に揃っちゃってるんだ。プラスゼロとマイナスゼロは居るけどね。俺なんかはマイナスゼロの組。ああそうだ、いっぱしといったけれども、不良のいっぱしなんで、肉親を泣かせていた。そのくせ、外で、他の連中を喰わせていたりするんだ」

「今は、先輩ばかり多くって」

「そうだろうね。しかし俺たちは、先輩からは何も教わらなかったし、教わろうとしなかった。堅気とちがってね。遊び方でも、コロし方でも、或いは生き方でも、誰かに教わればそいつの手下《てか》になってしまう。手下になるくらいならこの道に入った甲斐《かい》がないからね。先輩後輩なんてないぜ。そのかわりなんでも一人でやらなくちゃならん」

山中は、奴のことを、センセイ、と呼んだ。つまり、ばくちの先生のことだ。

「僕、東京に行っていいですか」

奴は、ちょっと困惑して黙っていた。

「東京には誰も知合いが居ません。先輩なしのところでやってみたい。もっとも、センセイが居ますが」

奴は、一人の青年のことを思いだした。そういえば、青年はこの町の男だった。虫喰仙次が総務部長の肩書の頃だから、もう大分以前のことだが、その社で新入社員を募集した折り、妙な履歴書が一通混じっていた。特技の欄に、競輪、麻雀、と記されていたのだ。競輪、麻雀、が特技の者は多いだろうが、就職の場合に、臆面もなくそんなことを記す男は珍しい。競馬、麻雀、でなく、競輪、麻雀というところも一種の迫力がある。

虫喰が好奇心をおこした。そのときは書類詮衡《せんこう》でおとしたが、べつの折りに社へ呼んだ。すると、青年はこの町から飛行機で飛び立ち、羽田で降りて、ついでに川崎競輪をのぞいてから颯爽と会社のそばの喫茶店に現われた。青年は母親の手ひとつで育てられ、親一人子一人、本来は親を養うべき年頃で、まだおおらかに遊んでいるのだった。

青年の母親から虫喰のところに、よろしく頼むという電話があり、そのせいというより虫喰の物好きで、縁故の筋ということにして臨時に入社させた。

青年は編集見習いのような存在だったが、さながら履歴書に記した特技を生かしに入社したような観を呈し、社員はカモる、執筆者の家に行けば、強引に麻雀を挑んで叩きのめす、執筆者が必死に逃げようとすると、声をはげまして、

「そんな根性のないことでどうする。俺なんざ、挑戦されてうしろを向いたことなんかねえんだい」

虫喰仙次も昔、似たような内容で内外の知人におそれられたのだが、虫喰はもっと手順を踏んでやった。青年のはただもう幼い暴れん坊みたいなもので、顰蹙《ひんしゅく》の電話がひんぴんとかかってくる。

勤務の最中に、突然、函館記念競輪に飛行機で行ってしまったりする。

虫喰もさすがに因果を含ませて、青年を退社させたが、彼は、深く虫喰に私淑《ししゅく》していて、再び地方都市の母親のもとへ戻ったものの、小遣いをつかむと東京へ来て、虫喰の社に遊びに来てしまう。

時によると半月近く、昼間は社の虫喰の机のそばでごろごろし、夜は打ち暮している。まことに屈託がなくてかわいいが、クビにしてもしなくても、面倒が少しもなくならない。

「俺、虫喰さんが俺みたいなのを見込んで、入社させてくれたってことが嬉しいんです。虫喰さんだけはコロしませんよ。生涯、兄貴みたいに思ってつきあいます」

虫喰も、やむをえず、親代りのような口を利いたりしていたが、虫喰としては不気味にならざるをえない。

何年かするうちに、さすがにだんだん間遠になり、いつのまにか消息をたった。その青年が、同じこの町の男なのである。

奴は、その青年のことを口に出した。すると、思いがけず、よく知っている、と山中がいうのである。

「いつもお話をきいていました。虫喰さんのことも、センセイのことも」

「友人かね」

「先輩ですよ。僕に麻雀を教えてくれた人です」

「ははァ――」

因果はめぐるというが、そういえば十八歳の山中からすると、その青年は十は年上のはずである。

「奴は、まだあいかわらずなのかね」

「僕が知った頃は、まじめな人でした。まじめに麻雀をやっていました」

その翌日の昼間、山中の案内で、青年が経営しているという麻雀荘をのぞいた。青年は、ある年、どういう経緯があったかはきき洩らしたが、気持を入れかえようと思い、母親に最後の無心をして店を買って貰い、以後、すっぱりと遊びを断ったという。

そのせいか、和《なご》んだ表情になっており、声音も以前のように気張っていない。奴は挨拶がわりに半チャンほど彼と打ち、それから連れだって付近のスナックに行った。

「どうです、少し大人になったでしょう」

「——うん」

「今は、青年会の相談役みたいなものです。自分でも昔のことが信じられません。この町の片隅で一生を送りますよ。まァ、これでいいと思っています」

「そうか。それじゃまァ、とにかく乾盃しよう」

若気の塊りだった頃の彼に拍手しようとは思わない。しかし、若気を消してしまった彼を、拍手しようとも思わない。

「結局、あの頃は東京コンプレックスもあったし、それに何にでも突っかかっていきたかったですね。なんか怒ってたんですよね、自分一人で。母親がいい災難でした」

「それで、世の中がわかってみると、そうもしていられなくなったわけか」

「ええ。生きられないもの」

「——ふうん」

「長幼序あり、列に並ばなくちゃ」

「――そうかなァ」

「山中のことですがね――」と彼はいった。

「東京に出てこい、といったんですか」

「いや、そんなことはいってない」

「朝から俺んところへ来て、もうその気になってますよ」

「俺は何も返事しなかったが、はっきり拒絶しない限り、そう思うかもしれないなァ」

「奴は、俺にそっくりのところがあるんです。昔の俺にね。俺、心配してるんですよ」

「うん――」

「俺と同じコースをたどるんじゃないかと思って。今、なんでもやればできるような気になってるけど、案外、気が小さいところがあるから」

それから半月ほどして、山中が現われた、という噂を耳にした。山中は新人戦のタイトルをとらなかったけれど、わりにスケールの大きい麻雀で、ひと眼見た小島も古川も、山中を本命視しており、新人戦に出場する常連も彼をマークしていた。

古川塾の若者たちも、各種の新人戦に出場している。で、彼等とも早くも顔なじみになっていた。山中は東京へ出てくるなり、彼等の中に加わって、毎日、麻雀を打ち暮しているという。

まァ、俺のせいにはちがいないな――と奴は思っていた。奴が、麻雀小説なるものを書き、新撰組など作って係累を増やし、それに乗って麻雀専門誌などできなければ、若者たちも麻雀で喰おうなんて思わないだろう。

しかし、どうだろうか。それ等のことがなかったとして、山中たちはどういう日々を送っていただろうか。奴が無頼だった頃は、先達など居なかったが。

もちろん、山中は奴の巣へも遊びに来た。彼は派手なハンチングをかぶり、毛皮のついた半オーバーを着ていた。大柄で、押し出しはいいのだけれど、どうも都会風には見えない。浅黒い風貌は充分女を魅きそうだけれども、どこか寒々しい。好意的にいえば、若さゆえの恰好《かっこう》のつかなさや哀感を素直ににじませていた。

「どうだね――」

「東京は寒いです。それに、存外、先輩格の人ばかりで」

「まァ、そうだな、無人島へでも行かないかぎり。しかし、親爺《おやじ》さんたちには相談してきたんだろう」

「ええ――」返事はあいまいだった。

「巣は定めたのかね」

「いいえ、その必要はないようです。麻雀屋に寝たり、古川塾の人たちと雑魚寝《ざこね》したり、巣に帰っているヒマはありませんから」

恰好はついていないが、それは豈山中《あに》のみならんや。冒険旅行にでも出かけてきたみたいな彼の表情がかわいくないこともない。

古川の無謀な企てに反対するといっても、これじゃ徹底するわけがない。

「しかし、もう時代がかわった。麻雀ゴロといっても、乱世の頃と今とじゃ微妙にちがう。俺が今、若かったら、同じグレるにしても麻雀ゴロなんかやらないね」

「そうでしょうか」

「ああ。今、麻雀屋でゴロついている連中なんか最低だ。麻雀そのものがもう悪徳じゃなくて単にケチな遊びにすぎないから。それに君は麻雀ゴロになる気で上京したわけでもないだろう。三畳でもいいから巣を作って、なにか職をみつけなさい」

「職なら、その気になれば上京しなくたってありました」

「職といっても、アルバイトのつもりで、なんでもいいから働くんだ。それで君の思う本コースへ進む準備をすればいい」

「麻雀タレントになるには、とにかく毎日、麻雀を打つことでしょう」

「だがね、好きなことだけやって暮すのはとてもむずかしいよ。かりに暮せたとしても、それだけで力をひどく使ってしまう。親の仕送りでもある暢気《のんき》な身分ならいいけども、学生とちがってそうもいくまい。結局は、麻雀ゴロになるために上京したような結果になってしまうよ」

山中はあまり身にしみない顔つきできいていた。まァそれが普通で、説教している奴自身も妙に冴《さ》えない気分になる。遊ぶ人の道は、子供を交通信号で誘導し、事故を防ぐような、そんなひよわなコースとはちがう、という気がしてくる。

昔から今まで、笑いさんざめきながら、ともに傷つき、ともにせめぎあい、保証なしの世界でおのれの判断ひとつを頼りに、くたくたになってやっと脱落をまぬがれてきたのである。子供が倒れたらそれを喰って行く。どうやったって戦死者は出るのである。まァ、来るなら勝手に来るがよい。お前さんが他人の餌になるか、喰う側にまわるか、それはお前さん次第なんだから。

そうして、これも古川の態度とほぼ似ている。追い返すことができない以上、傍観しているほかはない。

山中をしばらく奴の巣へ泊めておく手もあったが、奴はわざとそうしなかった。来れば会うが、それ以外は放っておく。

ただひとつだけ、麻雀の筋さえよければ、わりに簡単に書ける原稿の仕事を継続的に与えておいた。

それは夕刊新聞の雑文で、基本の収入ぐらいにはなるものだったが、山中ははじまって一か月もたたないうちに、徹夜麻雀でアツくなって締切日を守らず、無断ですっぽかした。

まだ西も東もわからない小僧っ子で、原稿をすっぽかすことがどういうことか、ちゃんと教えるべきだ、とも思ったが、これも遊び人流にだまって見ていることにした。

山中は叱られそうになって逃げる子供のように、担当記者を避けていて、そのためさっさと別の若手に交代させられた。その収入がなくなったのはかなり痛手のはずで、自分のエラーは自分に返ってくるだけということを覚ったと思う。

実際、彼は、子供あつかいする必要がないくらい、至るところでいい恰好をしたがっているのだった。小島、古川や奴から、有望本命視されたという矜持に酔っていた。

それが原因で他の若者たちから総すかんを喰っていたらしい。

山中が冗談をいっても誰も笑わない。ちょっと恰好いいセリフをいうと、生意気だ、といわれる。

若手の中の先輩たちから、ヤキをいれられたという噂が伝わってくる。

山中と同じ十八歳で加戸野という若手が居たが、二メートルの長身のわりに麻雀が消極的で守りのみ固く、攻めに出ない。最初のうちは山中を見習えと周囲からいわれていたのが、山中のようになっちゃいかん、といわれるようになった。

山中にいわせると、他の者だって自分と同じようなことをいったりしたりする、といいたいところだったろう。

次の新人戦では、実績を作った若手の中にまじって山中も推薦選手に入っていたが、表情が疲弊《ひへい》しており、成績も冴えなかった。背後でチラと見たかぎりでも、勝負の判断がめっきり悪くなっていた。

「今朝まで、二日間ぶっとおしで打っていて、寝てないんです」

と弁解のようにいっていたが、終ってから何人かの若手を連れて生ビールを呑みにいくと、山中は端のボックスでふてくされたように寝ていた。

その顔を見ていると、地方都市に居る山中の先輩の青年を思いだした。その青年からは、山中のことを頼む、という手紙を一再ならず貰っていた。

しかし、こと麻雀に関して、落魄《らくはく》ぶりははっきり現われている。徹夜の疲れなどではないことはあきらかで、山中だけでなく、ここ一、二年で注目されて麻雀専門誌にぽつぽつ登場しだしていた若手が、誰も彼も精彩を欠いていた。無名で新人戦に出てきた頃の気魄《きはく》と新鮮な勝負感をほとんど失っていた。

「印がついて余裕になった分だけ駄目になってますね」

「初出場の連中は、勝たなきゃ認められないと思ってるし、推薦選手はここで勝たなくても、ある程度、業界とわたりがついていると思ってる、いうならば麻雀エリートだ。それじゃ勝てませんよね」

そういう声が見ている者からチラホラときこえる。

そうでもあろう。しかし、一番大きい理由は、麻雀ゴロみたいな日々が彼等をスポイルしているのだと思う。原稿料では喰えないし、といって誰も他の職につこうとしなかったから、麻雀荘でコーチにやとわれたり、三々五々連れだって賭け麻雀で稼ごうとする。

しかし、よほど特殊な神経の持主でないかぎり、そういう日常はまず第一に、あまりの卑しさに負けていって、へこたれてしまうのである。そうして徐々に負い目が溜《たま》っていく。勝負事というものは、自分にいい条件を作ってやるのがコツで、負い目でやっていいわけがない。

そのあと、山中がひょいと遊びに来た折りに、奴はこういった。

「一度、故郷へ帰ってみてはどうかね」

山中は、屈辱に耐えられない、という顔になった。

「わるい態勢を我慢している必要はないよ。君は若いんだし、今の失敗は小さい怪我ですむ。まだ十八なんだから」

「十九になりました」

「故郷で、少し力を貯えて、なんだったらまた出てくるがいい」

「納得がいきません」

「何に対して――?」

「自分が駄目だということに。まだ、力を使いはたしていません」

「それは感傷だ。誰だって、はっきり優れているとか劣っているとかいうものじゃない。皆、紙一重なんだ。だから、条件をよくして戦うのがコツだよ。プロセスの勝ち負けなんか恥でもなんでもあるものか。七転び八起きというだろう。俺なんか転んでばかりいたよ」

帰って出直すという気配はない。それならそれで放っておけ、と思う。

山中がかわいくて、あれこれ気を使ってやりたいという気持と、教育ママじゃあるまいし、という気持とが交錯する。

山中は、一時期、加戸野と共同で部屋借りしていたらしいが、加戸野がこの道をあきらめて、流行歌手のオーディションを受け、転向して部屋を出ていったので、また巣なしになっているらしい。

山中が、街の麻雀屋で大敗を重ねているという噂がきこえてきた。しびれがきれたように手がツカなくて、再々、役満を打ちこんだりするという。

「あいつが振ると、とおる牌もとおらなくなるみたいですよ。それでも鼻息だけはおとろえません。俺は若手の四天王だ、って威張ってますよ。将来、新撰組をつぐのは俺だ、って。大笑いです」

なんとか仲間から棄てられまいとして、こそこそと気を使い、へりくだって愛嬌をふりまき、阿呆の真似をし、しかしそんな挙動に自分で我慢ならなくなって、逆に大言壮語をしたりする。

そういう山中のじたばたが、眼に浮かぶようである。

そのうち、あまり噂をきかなくなった。若手たちが出入りする麻雀荘へは、借りが溜まって姿を出せなくなっているという。

では、一人で、巣もなくて、どこをほっつき歩いているのだろうか。

そうして、誰にきいても、

「さァね、会ってないからわかりません」

という答えになった。

多分、故郷へ帰ったのだろう、と奴は思っていた。若々しかった山中が、疲労だけを背負って戻る姿が眼に浮かんだ。

続続続・虫喰仙次——。

虫喰仙次が、大阪支社から東京の本拠に舞い戻ったという。

その噂が、不意に奴の耳に入った。そうして、銀行筋から派遣されていた専務の慇懃《いんぎん》氏が退社したという。

代わりに虫喰が、専務取締役になった。専務といえば、副社長格だ。

その件を、奴は、遊びに来た社員からきいたのだった。

「ですから、虫喰さんの大阪左遷は、敵をあざむく計略だったのでしょうね」

「敵、というと――?」

「この場合は、懸勲専務、ということになるんですかな」

「ああ、そうか」

「地方に取材にいく社員が、週末の新幹線の中やホームで、ときどき社長を見かけたそうです。社長はちょくちょく大阪へ行って虫喰さんと会っていたのかもしれません。大阪なら、カベに耳ありでもないでしょうから」

「しかし、懸勲氏は士官学校の後輩で、戦争中は傀儡氏の部下だったのでしょう。傀儡氏は士官学校出グループの推薦で、傀儡社長になった――」

「ええ、そんな話でしたね」

「とにかく、虫喰の野郎、なんでも一人で呑みこんでいやがって――」

虫喰は、また元の運転手つきの車で、奴のところへ年始をかねてやってきた。

「とうとう傀儡マークをとりきったようだね。おめでとう」

「まァね。しかし自力でセリ勝ったわけでもないんだ」

「どういう意味だね」

「むしろ慇懃専務のエラーだろう。とかく、社長と意見を異にする行動が多かったというから
ね」

奴は笑った。

「まるで新聞か週刊誌の記事のようないいかただな」

「しかし、そうとしかいいようがないんだ。俺は大阪だったから」

「まァとにかく、待望の二番手マークがとれたわけだ」

「そうだな」

「しかし、仕組みはできてたんだろう。後方待機と見せて、八百長だ。もちろん、仙ちゃんに
限らず、八百長選手ばかりだから八百長でないレースはないんだがね。八百長本部は大阪で、
傀儡が毎週行ってたそうじゃないか」

「ここだけの話、そういうこともあった」

「ここだけじゃない、もう社員の常識だよ」

「車券を買っていたら、お前、当ったところだな。傀儡→うす目、といっていた」

「推理小説ってのがあるだろう。俺は犯人を当てるよ。動機も方法もトリックも、そんなもの
はいっさい推理できないが、犯人だけは当てる。文章ですぐわかる」

「これで、外部タレントが一人減って、その分、生え抜きが昇格してくる。次第に、社員重役

が大勢を占めるようになる」

「なあんだ、そんな民族主義的なことを考えているのか」

「ああ――」

「誰がやったって同じなんじゃないのか」

「俺としちゃ、そう思わない。社員が実権を握るべきだ」

「しかし、社員のために実権を握るわけじゃないだろう」

「そうでもあり得るよ」

「まァ、よくやったね。俺としちゃ、よくやったっていうセリフは、傀儡氏に捧げたいけれど」

虫喰は、しばらく黙った。

「そうだろう」

「まァ、そうだな」

「いや、完全にそうだよ」

「何故――」

「だって、役員追落しは傀儡の得意手じゃないか。最初は、前社長、即ち創業者の親族をやめさせた」

「それは仕方がない。古い尻尾なんだから」

「次は仙ちゃんだ。もっともこれはトリックだったが」

「それはむしろ、俺が献策したんだ」

「それから慇懃氏だ。ということは、この時点で、傀儡氏は、銀行から株を買い戻したんだな。多分、それだけ会社の利益を喰って買い戻した。つまり、傀儡じゃなくなったんだ。そういえば、もう一人、士官グループが役員に居たな」

「ああ、あの人も、近いうちにやめる」

「思ったより傀儡氏はやり手だなァ。これは創業者に劣らない強力本命かもしれないよ。傀儡はまわりのどの部分に対してもきわめて受けがいい。背景の銀行筋とも流暢にいっているし、組合側ともなァなァだ。仙ちゃんもこの前いってたな」

「組合を暴れさせといて、時間を稼ぐ、か」

「組合には、おいしいことをべたべたという。しかし現実には要求どおりにはなかなかいかない。何故かというと慇懃がたちふさがっているからだ。慇懃が憎まれ役になる。同じ伝を、外部にもやったとしたら」

「面白い考えだな」

「面白いというのは?」

「あり得るだろうね」

「事実、仙ちゃんが労務担当のときも、そういうことで疲れたんだろう。その時期は、慇懃をそういう消耗品には使えなかった。使い捨てはできない。傀儡であるより仕方なかったから。自分の持ち株ができれば、慇懃は要らなくなる」

「役員といったって、近頃は消耗品でしかないからな」

「そりゃそうだ。上部構造は堅気の世界とはちがうもの。自分以外はいっさい、消耗品にできればいいと考えてるよ。それは傀儡ばかりじゃないだろう」

奴と虫喰は、お互いに煙草の火をつけあって、しばらく煙を吹かしていた。

「お前が、何を考えているか、わかるよ」

と虫喰がいった。

「そうかね」

「次は俺だといいたいんだろう」

「俺はもう、傀儡→虫喰の車券は買いたくないな」

「しかし、慇懃は、社長にとって眼の上のこぶであったことも事実だな。なにしろ銀行筋から来た目付役なんだから」

「何だって同じだよ。俺はやっと傀儡氏の走法がわかってきたな。自分は善玉役、尻っぺたに悪玉役をつけている。都合のわるいことは悪玉にやらしておいて、ときどき大掃除をする。そうなればいつだって消耗品の悪玉役が必要なんだろう。今度は仙ちゃんが消耗品になる番だ」

「まァな。どっちがしのぎ切るかが勝負だが――」

「このレースが二番手に行っちゃ危ないな。マークして尻っぺたにくっついてるだけじゃふりおとされる。まくりしか手がないよ。まくって頭どり、これしか生きる道はない」

「他人のことだと思って簡単にいうな」

「だが、そうだ。傍観している方がわかる」

「まくりきれるくらいなら、最初からまくってる」

「まァいい。傀儡マークに行くのはいいよ。番手（位置）をとったら、同時に別の走り方も画策しなくちゃ。絶えず裏切る気配を示す、たとえば追出し（競輪でマークの選手が先行選手を釣りだして早逃げさせ利用しただけで潰すこと）をはかるとか、別口ともマークするとか、しなければ。単に一人にマークするだけじゃ単音になってしまって、ハーモナイズされた音色は出ない。それじゃ、傀儡になめられるよ」

「俺は、勤め人だから」

「穴を買ったら本線を押さえる。本線を買ったら穴を押さえる。それが仙ちゃんのやり方だったろう。自分の走法を一つにするのはいずれにしろ危ない。虚にして実、実にして虚、どこまでもこれでいくしかないよ。ここが我慢のしどころだ。粘着力を失って走法単純になれば、勝負師としちゃ失格だぜ」

「お前は気楽さ。傍観者だ」

「ああ。しかし実戦者こそ、肩の力を抜くべきだ。そうできればな」

「俺はレースが小さい。しかし小さいなりに徹底してるつもりだが」

「徹底というのは、極小に徹底し、同時に極大にも徹底することさ」

「俺にはできんよ」

「しかし、ここへきたらそうする以外に生きる道があるまい。昔、仙ちゃんがいったじゃないか、競輪場でさ。勝負するなら正義感を捨てること――」

「そのとき、たしかこうもいったぜ。俺は正義感を持ち合わせてしまっている。ただ信用していないだけだ――」

「昔のお前はほんとに魅力的だったな。たしかに、バランスなんか本質じゃない。本質は、正義感ともいえるだろう。ただし、正義感だけじゃ、お前の居る場所は守れない。虚にして実、実にして虚――」

「今日は、一人でしゃべってるな」

「お前がしゃべらなさすぎるんだ。例によって何かもくろんでるのか。それとも持ちタイムぎりぎりのレースになって、しゃべる余裕がなくなってるのか——」

「俺は、傀儡じゃないが、時間が欲しい」

「何故——」

「金が、ないから」

「なるほど」

「取りこまなくちゃならない。これから」

「取りこみたまえ。うんと取れ。誰に遠慮することもない」

「時間があればな。方寸がないこともない。俺は先代以来、取りこみ方はこの眼で見てよく知ってる。だが、多分、時間がないだろう——」

「二番手になったからか」

「ああ——」

「見ろ。本音をいった」

「しかし、この位置をとらなければ、取りこみはできない」

「祈ってるよ。傀儡を突っ転ばすほど、取りこむがいい。だが、俺はこの車券はあまり買いたくないな」

「そうだろうな」

「傀儡がガードを固めてるだろう」

「しかし、取りこむ。俺はここで生きてるんだ」

そうして虫喰は、しばらくしてこうもいった。

「フン、評論家気取りでいやがって。他人のことだと気楽だな——」

続続・原完坊——。

何かの用事でテレビ局に行くと、中の喫茶店で、局員らしいのと談笑している原完坊を見かけた。

「おや——」

原は奴の方を見て、珍しく真顔になって、

「寒い日が続きますね」

といった。

あとで奴の席の方へ来たときに、

「俺は、べつにサムく（危ない）はないよ」

原は笑った。

「世間が、寒いっていうでしょ」

「そんなこと知らん。虫喰は、ちょっと寒いがね」

「虫喰さんが寒いですか」

「寒いな――」

「でも、そりゃァ勝負なんでしょ。寒いくらいでなきゃ、喰いつけない」

「それはそうだが、配当額に魅力があっても、寒いのとそうでもないのがあるだろう。虫喰は今、番手（位置）がよすぎるんだ。しかもその番手は自力でセリ勝ったものじゃなくて、向こうで開けて待っていてくれたようなものなんだ」

「番手の問題は一番むずかしいですね。あたしもそれで、ここのところなやみましたが」

「じゃァどうするといって、奴だって好位置に行かないというわけにもいくまいがね」

又一人、局の男らしいのが来て、原完坊と別の卓に行った。奴は、男がさしだした名刺を眺《なが》めていた。

大山太郎、と刷ってある。

実に変哲もない名前だが、その名のとおり、個性というものがまるでない、どこにもひっかかりようのない表情をした、無気味な男だった。個性ばかりでなく、生活の匂いもない。国籍すらもないのではないかと思える。そのくせ、口髭《くちひげ》は濃いし、声も甲高く、声音も大きい。原とその男はさかんに笑い合い、肩を叩き合わんばかりにして別れた。

「テレビ局を、乗っとる気かね」

「ヤボ用ですよ。地喰いです」

「地喰いとは——?」

「実業に近い不正です。こんなことしてりゃァ、落ち穂をひろうようにして喰えるんですが」

「あれは妙な男だな。マフィアじゃないか」

原は笑った。

「そう見えますか」

「昔なら、スパイだな」

「なんでもないですよ。ばくちで、破産してるだけです。破産したてだからそんなふうに見えるんでしょう」

「それで思いだしたけれど、中野学校出身のばくち打ちが居たな。もっとも当人がそういってただけだったけどね」

「いい腕でしたか」

「いい腕だった。無駄張りはいっさいしないし、粘着力はあるし、全身で飛びかかってこない。いつも片足を地面につけているような男だった」

「片足をね。ときどき居ますね。そういう男が」

「うどんをね、半分残したんだ。朝方になって、うどんの丼の中に指を突っこんで、特定のカードをしめらしたよ。ポーカーだったが――」

「鋭いね」

「でも結局駄目だった。人格がなさすぎた。相手が居なくなってね。ばくちじゃ喰えなかった」

原が笑った。

「人格がね。そうですかね。むしろ、商売が拙《まず》かったんでしょう」

「あの男はどうだったの」

「大山さんですか。駄目です。小物です」

「そうかなァ」

「コロされちゃって、今さらびっくりしてるんですよ。元は、もっと自信のある顔をしていました」

「君が、コロしたの」

「いえ、そうじゃありません。でも、このうえ痛めるのは気の毒だから、無尽の親をやらしてるんです」

「無尽、ねえ」

「自分でプロデュースして、無尽の組を造るんですよ。親は、初会貰いの権利があるから、一回五万の払いこみの無尽を造ると、五十万、無利子で入ってくるわけでしょう。テレビ局は出入りの人が多いし、皆、小ばくちくらいやるから、十組や二十組はすぐできますよ。十組できたとして、五百万。それで借金《アナ》を埋めて貰うんです」

「でも、そのあと毎月、五万ずつが十組で五十万ずつ払わなくちゃいけない」

「また一組ずつ造ればいいじゃないですか」

「そういう理屈かな」

「他に無利子無担保で金がつくれますか」

「あんたが取る気になれば取れるといったのは、これかね」

「いや、こんなこと、方法はまだいくらでもありますよ。だから潰れかかって、にっちもさっちもいかないという人の方が、貸す方は商売になるんです。利を多くとれますから」

「なるほど。ところで、この前の大勝負、あれはどうなってるの」

「大銭買いの客ですか」

「ああ。ノミ屋殺しを迎えうつ話」

「それですよ、なやんだというのは。──でも、結局、まだ今のところ、受けてません」

「何故。──マカオのディーラーじゃないが、大キク張レバ、大キク儲カルヨ」

「あたしも一生懸命考えましたよ。その客はまだ負け知らずなんです。——ノミ屋はね、二割五分の税金を貰っていて、オチの一割をひいても一割五分は有利で、長い目でみると客に負けるなんて考えられません。ですが、一年以上、何人もそいつにコロされた。カミ旦までもね」

「そいつは聞いた」

「さっきの虫喰さんの話と同じですがねえ。寒いくらいでなきゃ、おいしい稼ぎは転がってない。一発勝負は、いずれにしてもばくちなんだ」

「銀行ギャングの映画なんか見ていてもそうだな。ああ、仕事だな、と思わせるようなことは、寒い要素が例外なくあるね」

「ここが受け目かな、と思いました」

「うん——」

「一方また、コロされるってのはどういうことかと考えてみると、普段のケースなら、誰も失敗しないんです。ここがチャンスと見て張りこむときに、怪我をする。ここがチャンス、と思うだけでは、生きるか死ぬか、というだけではないか。五分五分のばくちは、しちゃいけない。五分五分のばくちは、怖いです」

「まったくそのとおり。二点しか買い目のないレースに手を出すのは素人だ。しかし実際は、五分五分どころか、四分六分、三分七分のばくちにしか、おいしい稼ぎは転がってないのじゃないか」

「さァ、どうでしょうか。一生は長いです。あたしはどんなことがあっても、負けられないんだから」

「決戦をあとにくりこしていくと、一生は、あッという間だよ。そういう生き方は皆がしているが、チャンスはそうたびたびはないものだ」

原はうすく笑った。

「そそのかしますね」

「クリンチはつまらない。見てる方の身としてはね」

「今、受ければ二番手の大名マークです。けれどこの番手というやつがねえ、曲者で、いいようでわるい。というのは先行型が強い場合、四コーナーで進路を妨害されやすいでしょう。外へ廻ろうとすると先行型に尻尾をふられる。インを突こうとすれば、それを見越してインをしめられるとコースがなくなってしまう。競輪選手で三番手廻りを得意にしているのがいますね。スピードに自信があれば、三番手もいいものです」

「じゃァ、大名マークはやめですか」

「相手はまだ負け知らずです。一度、負けるのを見てからでもいいのではないかと思いました」

「なるほど、三、四番手に居て、か。しかしそうなるとチャンスに大名マークの選手がゆずるまい」

「もちろん、相手に落ち目の気配が出てきてからでは、マークは入れかわれないでしょうがね」

「すると、そのへんのハンドルさばきが必要になるわけだな」

「競馬だって、死に目に追っかけないでしょう。死に目が出ればそのとき一度だまされる。これはしょうがない。死に目を追っかけていると、出るまで何度でもだまされますからね」

「考え深そうに見えるが、要するに勝負をケアーしたわけだな」

「まァ、そうです。むずかしいですね。走っているときにギアーをあげるのは」

「追い立てを喰ってるわけじゃないから、気長にいい家を探そうというわけだな」

「そういわれると、理想的な勝負はついにできないで終りそうだな」

「落車するよりはいい。俺なんか、もう年だからそう思うよ」

「その言葉は誘惑ですね。逆に」

「しかし、昨日と同じことをやってれば落車しないとは限らない。むしろ、だんだん番手が下がっていくね。特に俺なんかの年齢じゃ、日に日に老いるからね。ちゃんと走ってるつもりでスピードが落ちてる」

「仕掛ければ落車、仕掛けなければズルズル下がるばかりですか、そうなりゃ、引退ですね」

「年寄株がないからなァ、この世界は」

「考えてみると、阿佐田さんだけだな。唯一の例外は。阿佐田哲也って名前は、年寄株みたいなもんでしょ」

「そういえば、俺は二十一か二のときに、引退声明をしてるんだっけ」

「引退して、稽古まわしを締めて土俵におりて、弟子を養成してるだけか、この人は」

「ギャング劇一座も、やめようと思うんだ」

「麻雀新撰組を――?」

「麻雀小説も、麻雀新撰組も、ああいうものは一声だけのものなんだな。花火一発打ちあげれば、あとはやることがないんだ」

「ついに、年寄株を手放しますか」

「そうしようと思う。結局俺は七十八十までばくちは打てない。脚力がないんだろう」

「落車しないだけめっけものです。こいつはおめでたいことですよ。新撰組をやめたら、今度は盛大に引退記念花会をやりますか」

「その花会で勝って、また打ちたくなるんだな」

「そうです。そういうときは勝つんだ。それでやめられなくて、結局どこかで、分散。コロされる。そう終りまで何もかもうまくいくもんですか」

「その引退式のときに、借金の方も精算することにしよう」

「それはいいけど、しかしどうせまた、放ってくれ、っていってきますよ」

「いや、いわない。ばくちをやめるよ。実際俺は今、ばくちで生きてるわけでもなんでもないんだから、やる意味がないんだ。ただ、ばくちの世界の連中、たとえば君なんかと交際していたいだけさ」

「しかし、惜しいなァ。みすみす、喰べられるものが、向こうの方へのそのそ歩いていってしまう。あたしは、知り合った人がすべて喰い残しに見えてしようがないんですよ。一人でも生かしたまま逃がすのは嫌だな」

「人喰い人種だな。けれども、ばくち界にとってもPRになるぜ。元気に帰還した人が居るってのは」

「そうですね」

「あまり元気でもないが」

「賭けませんか。ばくちをやめられるか、どうか」

「あくまで、喰いさがるね」

「いいえ、これは冗談でなく。あたしもダイエットをやろうと思ってるんですよ。肥っちゃってしようがない。肥るとにぶくなりますからね、反射神経が」

「君はまだ、三十前だろう」

「もうそろそろですよ」

「ということは、普通の人の四十五、六だな。遊び人の年齢は早く喰うからね。神経も身体も早くまいっちゃう」

「中年肥りか。じゃァ、阿佐田さんは」

「俺なんか、もう七十さ」

続続・麻雀新撰組——。

メンバー全員が、伊豆に集結した。小島武夫は大阪に、田村光昭は沖縄に、仕事で行っていたようだが、少しおくれて集まってきた。その席上で、奴は、隊長をおりようと思う、といった。

「ということは、やめるということですか」

「そういうことになるかな」

「何故」

「それが、うまく説明することがむずかしいんだ。熱を失ったというのかな」

本当は、新撰組解散をとなえたかったのだが、後から数人の若い人も加わっており、職能組合に近い性格にもなっていて、シャレを中心に考えているのは奴一人だということははっきりしている。その点を無視できない。

重ねて理由をきかれて、奴はこういった。

「今、我々は二つの問題を抱えている。一つはこの前のタイトル戦での八百長問題だ。実際は片八百長だが、周囲に与えた印象としては同質だ」

「ええ、私——、私の責任です」

「まァ小島くんに代表されるが、雰囲気的には俺も似たようなもので、その点で同じだと思う。俺個人としては、あんなことぐらい屁の河童で、もっと目茶苦茶に規律を乱してもいいくらいに思っている。新撰組なんてのは本来そうしたものだしね。しかし、それは、麻雀のタイトル戦や新撰組というものをシャレとして考えた場合であって、これもまた名誉だと考える人や、市民社会の中で商売にしていこうと考える人たちにとっては、それなりの規律を重んじたいところだろう。そうして、我々の麻雀新撰組も、まだ今のところはそれらの人々と一緒に、市民社会を喰っていって肥る必要がある。では、紳士的な麻雀を打つべきだ——」

「気をつけますよ。私の勇み足でした——」と小島が笑いながらいった。「ツモってきた牌を外野にまで見せたというのはまずかったね」

「だが諸君、澄ました顔して、紳士麻雀なんてやってられるかね。俺はもうまっぴらだ。勝負事を飼いならして子供の玩具みたいにする傾向に一役買ったりしたくない。といって、もう本格のばくちをやる体力もないんだ」

しゃべりながら、奴自身、口先ではなんとでもいえると思っていた。結成当初、そんなことはいっていなかった。ギャング風を市民社会の中にはめこんで、ギャングにして市民、市民にしてギャング、というタレントになろうといっていたのだ。

今いっていることと微妙にちがう。もっとも、虚にして実、実にして虚、では、なんのことやら、もともと正体にこれという核がない。バランスを主にして行く以上、そういううさん臭さはつきものである。

奴は、つまるところ、自分の麻雀小説のリアリティを、ちょいと演出してみたかっただけなのではないか。そのために生身のタレントを使ったので、映画の予告篇みたいに、顔を揃《そろ》えたところを一瞬示したらば、ボロの出ないうちに解散といきたかったのではないか。

そうかもしれぬ。

原完坊なら、嬉しそうに笑いだすかもしれない。そうしてこういうだろう。――それがどうしたんです。小島さんも古川さんも、その機会を捕まえて看板をあげた。それで五分五分じゃありませんか。五分五分の可能性のない関係なんか、そういう車券を買う方がまちがってますよ。

古川凱章が、こんな発言をしている。

「隊長はああいうけれども、私としては、八百長問題が新撰組全体の共同責任になってしまっていることが不愉快です。私は、あの場合、小島さんとはちがう態度をとっていたつもりだし、あの時、あの場に居なかった無関係の隊員も居ます。彼等がどう思っているか。小島さんはもっと自分の責任をとるべきでした」

「どういうふうにとればいいの」

「それはわからない。小島さんの問題です。隊長はあのとき、決勝戦出場を辞退した。小島さんは何をしましたか」

「まァ待ってくれ――」と奴はいった。「そう真顔にならないでくれ。こんな問題は知恵で処理すべきもので、真顔で論じるに足りない。俺は新撰組を代表して、辞退した。それでもういいじゃないか。ただ今後のこととして、こういうケースをどうするか前向きに相談してもらおう」

「競輪には同県レースというのがありますね――」と青柳賢治。「あれだって完全に許されているわけじゃない。おおっぴらでなくやればいいんじゃないですか」

「これまでのタイトル戦でも、同門が顔を合わせると一方が犠打を打つ傾向はありました。そこまでじゃないでしょうか」

「要するに、皆の意見は、全体の規律を重んじていこうという方向にはあるようだな。それならそれでいいんだ」

「他にどういう方向があるんですか」

「しかし、こういう見方もあるぜ。小島武夫は弟分のために八百長をやって、しかも臆面もなく相手方のところに行って、ワハハハ、八百長やってやった、とデモったんだな。面白い奴っちゃ、と思う人が居るかもしれん」

「そんな人が居ますかねえ」

「表面ではいわないけれどね。すくなくとも、八百長されたといってむくれた方を面白いとは思わないだろう。小島武夫ならびに新撰組は、タイトル戦ではシャットアウトを喰うかもしれないが、麻雀タレントとして仕事が減るとは思えないね。むしろその逆でありうる。麻雀タレントは古武道の選手じゃないんだから、新撰組が紳士の集まりだという方が大方の眼からはよほど期待はずれなんじゃないのか。だとしたら、一人一人が、小島武夫のように、わざと、適当に規律を乱して売り出していく方向も考えられるということさ。ただし、我々が、麻雀タレントという見世物的存在にあくまで甘んじている場合だがね」

一同は呆れ返ったような顔つきで沈黙している。

小島がいった。

「しかし、古川さんにだって問題はあるぜ。隊長がいうもう一つの問題というのは古川塾のことだ。そうでしょう隊長」

「これについては、俺は大体の意見を古川さんにいってあるから、他の人の意見を出して貰いたい。ただ、新撰組としての立場からいうことがひとつある。今いったように、俺は場合によってはエラーを認めるにやぶさかでないが、同じエラーでも致命傷というものがある。特に新撰組はもともと破戒のチームであるわけだから、ガラス細工みたいなもので、ひとつのまちがいが全体の息をとめることになることがありうる。市民社会が承認しなければそれまでなんだからね。

さて、そこでだ。俺は、できるだけ隊員を増やさなかった。それにはいろいろな理由があるが、一人の致命的なエラーが全員を倒す場合があるのだから、このメンバーならば、そのうちの誰が致命的なエラーをおかしたとしても、全員が笑って死ねる、そういう枠内にとどめておく必要があった。これは友情だけを軸にしていってるわけではないよ、お互いの評価、計算も含めての話だ。ここに集まったメンバーならば、よく知っているし、完全にとはいかないまでも、それぞれの行為を共同責任としてもよい気持がある。しかし、古川くんのところに蝟集《いしゅう》している若者については我々はよく知らない。また我々がその行為を律することもできない。

我々は彼等のすることに責任を負いきれないが、しかし彼等がエラーをしたら、我々も倒れる。古川くんはここのところをどう思いますか」

「――彼等は、新撰組に入隊してはおりません」

「しかし古川くんの輩下である以上、世間は新撰組という幹からのびた枝葉だと思う」

「――そうでしょうか。たとえばどういう場合ですか」

「いつ何がおきるかわからない。ばくちはもともと非合法だしね」

「新撰組の名前は出さないでしょう」

「同じことさ。周囲の判断だから」

「べつにばくち打ちを育ててるわけじゃありませんが。それこそ麻雀タレントを――」

「周囲はばくち打ちと見るし、事実まぎらわしい」

「しかし、必要だとわたしは思います」

「必要というのは、何が?」

「碁将棋だって、音楽だって、子供の時分から天才教育をしています」

「碁将棋や音楽は、市民社会が承認してるからな。古川さん、理想としてわからないでもないが、まだ早い」

「分派活動だよ、古川さん――」と小島もいった。「やる前に、我々に相談してほしかったな」

「しかし、新撰組の支部じゃありませんから」

「支部でなくても、分派だよ。世間はそう見る」

「わたしはそのつもりじゃありませんけど、分派だというなら、それでも仕方ありません」

「仕方ないというと、古川塾をやめないということ」

「――やめません」

小島と古川は、にらみあう形になった。

「隊長、どうしますか」

「――俺は、勝手にこう考えていたんだ。俺がやめたあと、小島くんと古川くんが両頭でリードしていく。もう二人とも一人前だよ。俺が居なくたって大丈夫だ。二人が協力していけばね」

「――阿佐田さんがやめるなら、わたしもやめます」

と古川は唇をへの字にまげていった。

小島と古川はこの時期、麻雀専門誌の中で二つの柱になっていた。いわばライバルである。しかしライバルだからいがみあっていたとは考えにくい。むしろ、気質的な相容れなさが原因で、子供っぽいといえば子供っぽい。

「だいぶ以前だが、ビング・クロスビーとボブ・ホープがお互いにからかいあって、観客に受けていた時期がある。フランク・シナトラとディーン・マーチンしかり。いずれもスタンドプレイで、あんなふうにはなかなかいかないだろうな。スタン・ローレルとオリバー・ハーディの極楽コンビ、フレッド・アステアとジンジャー・ロジャースのコンビも仲が悪かったそうだが、コンビはなかなか解消しなかったよ。日本の漫才コンビだって、平常は口も利かないが、舞台は一緒に勤めているというのが珍しくない。なにも親友同士になれといわないさ。仕事のうえで協力しあえばいい。それは無理かね」

「僕はかまいませんよ。もともと僕はそんなにこだわっていないんですから」

と小島はいった。

しかし、古川は黙ったままだった。

「俺は惜しいと思うんだよ。二人は名コンビだ。麻雀タレントが誌上で定着するもしないも、二人の協力態勢にかかってると思うんだがね」

古川は、いいかげんに事を処せない男だから、顔の表面だけで笑うことはできないだろう。そうして小島も、そういう古川を抱きこんでいくだけの包容力に乏しい。

それならば、駄目だと思った。

奴も、この二人のお守り役をしてまで、新撰組に執着する気はない。

一か月後、今度は解散を動議した。

「麻雀新撰組は俺のアイディアだから、一応俺からいわせてもらう。この際、一応解散しよう。そのうえで、やりたい人はまた集まって、第二次新撰組を造ればよろしい」

この前より、いうことがきつくなった、という者がいた。

「そうなんだ。放っとくとますます気持が大仰になる。この調子でいくとこの次集まったときには、新撰組のみならず、関係出版社まですべて解散させて、皆で介錯《かいしやく》をしあって自決しようといいだすかもしれない」

隊長横暴、という声もあった。自分でひきずりこんでおいて、特に若手を中途半端な形のまま放りだすとはけしからん。

「しかし、ギャングのセオリーでいえば、破綻がおきないうちに止めるという点が重要なのだ。事を起こして、一番考えるべきことは止めどきだ。事を起こすまでとは逆に、起こしてしまったら止める方向に驀進《ばくしん》する。それでこそバランスがとれるのです。そうして、事の性質がスリルに富んでいる以上、バランスが肝要になる。若手を中途半端にするというが、それをいっていたら止めどきがない。必要ならば若手だけで集まって何組だろうと造りたまえ。我々のときも先輩など居なかった。要するに、新撰組を造った以上、止めないわけにはいかない、ということです」

結局のところ、奴があいうのなら解散するより仕方あるまい、ということになった。

そこで早速、第二次新撰組をどうするか、という論議になった。

「阿佐田さん、新撰組という名前を名乗ることはかまいませんか」

「もちろんです。それは皆の共有物だ」

小島武夫が、自分は新撰組を受けつぎたいが、古川さん協力してくれないか、といったが、古川に拒絶を喰った。小島はさらに一座を見廻したが、若手は誰一人乗ってこなかった。若手たちはむしろ、古川の古川塾に合流したがっているような気配があった。小島は唇をかんだ。

小島派に参加を表明したのは、清水一行から預かりの形になっていた照井保臣、板坂康弘という中年組。

古川派には田村光昭、青柳賢治。

もう一人の若手の三輪洋平は、小島の同郷の後輩だったが、この機会にすっぱり麻雀と縁を切るという。

では、どちらが第二次新撰組を名乗るか。古川は、副隊長格だった小島が踏襲すればよいという。お互いに、刺激しあって両々発展するようにやっていこう、というあたりまで話が進んだ模様だが、何故か、いずれも話が途中で立ち消えになり、実現を見ず、以後、いずれも元新撰組という形で、ばらばらになったままである。

もっとも脱退した奴としては、何派できようが、跡を断とうが、口をはさむべきことではない。

解散の手打ちをすませて、巣へ帰るタクシーの中で、運転手が奴を麻雀の男と認め、

「お客さん、阿佐田哲也でしょう。忘れもしないよ、麻雀放浪記ってやつ、ひょいと読んじゃったのがきっかけで、麻雀に凝っちゃってさ。商売人スタイルで大きいレートに手を出してね。今を去ること五年前、会社を潰しちゃった。

俺、わりに若くて独立してたから、苦労が足りなかったんだね。それで未だに運転手。三十万稼ぐのにアップアップしてるよ。カミさんと子供二人、別れてスナックやってる。たまに寄ってやるんだが、子供が俺を忘れなくてねえ。

まだ若いったってもう三十七だもの。不渡り出したきり銀行にも誠意をつくしてないからなァ。いつになったら復活できるか――」

うーん、といったきり、奴は返事ができない。

フィナーレ――。

さて、何やかや、とりとめもなく記しているうちに、終章が到来した。かえりみてここに至る道程は、実に長く、実に退屈であった。読者諸賢がそう思うくらいだから、作者たる私はどうにも居たたまれぬ思いであった。ツモが悪い。手にならない。もっとも配牌も悪かった。

物語というものが、何が、何して、何とやらァ、だとすると、主人公に擬《ぎ》せられた阿佐田哲也が、何もしない。ただあっちこっち行っては、漫才師のように何かしゃべっているだけである。

昔見たエンタツ・アチャコ主演の映画がいずれもこんな感じであった。廊下の曲がり角みたいな部分が画面に映っている。右の方からエンタツが歩いてくる。左の方からアチャコが歩いてくる。曲がり角でぶつかって、ゃァ、やァ、それから漫才調の会話がはじまる。そういう場面がやたら多かった。今会って、五分ぐらいするとべつの場面でぶつかって、ゃァしばらく、とやっている。

大体、阿佐田哲也という男が、何かするというタイプではないのだから、物語が発展しなくても少しも不思議ではない。本来夜行性であり、岩場に隠れ住んでいるうちに、ごく例外の一瞬をのぞいて、いつも見《ケン》をしている。こんな男を記そうとすると、釣糸を垂れて、茫々《ぼうぼう》たる海を眺めるに似た趣きになる。

奴が何もしないから、他の人物が何かするかというと、これもほとんど何もしない。すくなくとも幸福か不幸なのか、それすらはっきりしない。これが平和というものであって、お互いにとりとめもなく眠いが、概して結構なもののようである。

解散した麻雀新撰組の元メンバーは、いずれも元気である。元気で、そして誰《だれ》も死なない。

小島武夫は、近頃は麻雀ばかりでなく、歌も唄っていて、あいかわらず楽天の空気をふりまいている。古川凱章は、若手育成熱はやや醒《さ》めたようだが、麻雀タレントの将来を憂うるようにムスッと考えこんでいる。田村光昭はヒッピー風に酒と女、青柳賢治は家業を継いでいるらしい。

新撰組が解散したのはもう五年も前のことだから、奴のことをあくまで記しつけるつもりならば、まだ延々と記述を続けられなくもないけれど、もういいでしょう。あとはとりまとめて、テキパキとやる。テキパキとはしてくるが、だから面白くなるかというと、そうもいかない。なにしろ、一応は平和なのである。ドラマティックなことはめったにおこらない。

虫喰仙次は、専務に就任してから一年余にして、その社を離れることになった。栄転ではない。どちらかといえば追放に近い。虫喰の追放人事はきわめて隠密裡に計画され、抜き打ちに断行された。

理由は、経理面に関して、なにがしかの穴があいており、虫喰がその穴をあけたという点にあった。傀儡氏はそのとき病院に居て、代行者が虫喰にその点を糾問した。傀儡氏は入院が趣味で、なにかことがあると会社を出て入院してしまう。たとえば春闘やボーナス前の闘争のときなど、必ず体調不順を訴える。社用はいっさいシャットアウトである。しかし、病院の奥に連絡場所を移したととれないこともない。虫喰は、病院に足を運んだが、傀儡氏は会おうとしなかった。

虫喰は、経理面の穴は、個人的に社から借りたものであると主張した。しかし、上司——傀儡氏がその件の諒承をしていない。伝票も切られていない。今すぐ返済しない限り、使いこみということになる。

虫喰は家庭の事情でかなり年齢のちがう長兄に育てられた。その長兄の住居を、この時期、建ててやっている。虫喰自身は団地に住んでいたが、最初に役員にとりたてられたあたりで、郊外に土地だけを手に入れた。そうして、長兄の住居が建ったのを見てから、そこに自分の住居を建てようとしていた。

長兄のところの建築費がそっくり穴になっている。返済しようにも金は手元に残っていない。大童《おおわらわ》になって、自分のところを中止し、土地を売って返済にあてようにも、すぐには換金はできない。

虫喰としてはまことに不手際である。取りこみにかかった金を、自分の位置保全のために当てようとせず、兄の住居に埋めこんで、死金のようにしてしまう。長兄に、いつか恩を返したい想いでいっぱいだったのであろう。長兄は老年のうえに、病体で、諸事にわたってかつての力がない。

虫喰は、そのことを会社で陳弁していない。もっとも陳弁したところで、ただの感傷にしかならない。エラーはエラーである。公金を費消して家を建てたのである。

しかし、では初代創業主はどうであったか。彼の大取りこみは誰でも知っている当然の事実であった。それについて糾問した者は居ない。今もって、彼がすりかえて固有の物とした社屋に毎月五百万円の家賃を払っている。

二代目傀儡は、はたして清浄か。

虫喰の取りこみは、かわいいくらいの額である。彼に膂力《りよりよく》があれば、或いは本線マークがきつければ、不問どころか当然の事象として眺められたのではないか。

「やあ、御用だ、を喰ったね。八百長選手」

といって、奴は破顔一笑した。

虫喰も、にやりと唇をまげて笑った。しかし、もちろん彼の顔にはなやみが満ちあふれていた。

「だが、小物あつかいが気に入らないね。御用を喰うのは小物だからな。常習あつかいならばともかくだが」

「レースはむずかしいな――」と虫喰はいった。

「仕掛けのタイミングがひとつずれてもいかんし、中途半端ではなおいけない。勉強になったが、といって明日やり直すということもできない」

「素人が考えても順序が逆だろう。気持はわかるが兄さんの家などはあとだ。まず自分が肥らなくちゃ。自分が肥らないで球に威力がつくもんか。家なんかより、することは一杯あったろう」

「こういうレースは慣れてないから」

「それはわかる。とてもよくわかる」

「こんなに早く攻められるとは思わなかった。もう二、三年あとだろうと思った。子供も手が離れたし、実はカミさんをまた勤めに出していたんだよ。その準備はしていたんだが、こう早いとはな。テキながら舌を捲《ま》いた」

「俺だって仙ちゃんの立場になったら、走り方がわからん。不手際だとは思うが、じゃ、どうすれば不手際じゃないのか、手順に迷うね。結局、テキが一枚上手だったな。モチはモチ屋だ。ばくちはばくち打ち、取りこみは取りこみ屋。仙ちゃんは、多様な才能を持ち合わせているが、勤め人だ」

「勤め人でしかないということが、残念だな」

「ああ。しかし本当は、俺はこの車券を買ってたよ」

「俺が落車する車券か」

「ああ――」

「配当はないぜ」

「配当はない。だが前にもいったろう。労務管理がうまくできるようなお前なら、面白がってこのレースを見ているものか。仙ちゃんのやり方は、取りこみ方としてはすばらしいよ。人格を失っていない。子供に自慢するといい」

「俺を慰めるのかね」

「いや、どうも複雑なんだが、俺は仙ちゃんのバランスがいつか崩れるのを期待していたような気がする。やっぱり仙ちゃん、虚にして実、実にして虚、なんてことはせいぜい競輪場で発揮するべき知恵なんだな。バランスは本質ではないからね。本質とマッチしないことをやっていくための技術にすぎない」

奴は封筒を出した。ひさしぶりに、原完坊から借りた金が入っていた。

「車券代だよ。たしかに車券は買ったんだから。当ったが、配当も元金も還らずだ。それで惜しくないよ」

虫喰は黙って、受けとった。

「それじゃ、俺も、阿佐田哲也の車券を買ったつもりになろう。当ったら返金するよ」

「俺はもう買い目はないよ」

「阿佐田哲也の落車を買うよ」

「それは有望だが、配当がつくまい」

「皆がそう思ってるかな。お前は友人が多いからな」

「だが、三、四着狙いなら走れないこともない」

「いや、何の世界だってやることは一緒ですよ、そのひと声だけだ。お前は娯楽小説書きじゃないからパターンの職人になれまい。ひと声で終りさ。この先は落ちぶれる」

「落ち行く先は、同じところか」

「ああ。いつかまた、二人して競輪場で日向ぼっこでもするか」

虫喰は、土地と、建ちかかった家を投売りし、不足分は後輩のMが奔走するなどして返金にあてた。しかし、当初から無条件追放という形ではなかった。

傀儡氏は、別社を造って独立することをすすめてきた。その条件を呑めば、穴は、自動的に社の方で補塡されたのだ。しかし虫喰は頷かなかった。

虫喰の後輩で、慇懃の退社で役員になっていた爽快が奴のところへ来て、虫喰からの返事がないが、打診して貰えまいか、といってきた。

「返事って、別社の件かい」

「そう、我々も心配してるんですよ。とにかく仙ちゃんの今後のこともあるし、八方うまく行ってくれればいいんだが」

「別社は、ことわったんじゃないのか」

「考えさせてくれといって帰ったきりなんです」

ご多分に洩れず虫喰の社も人件費膨張になやんでいるが、組合が強くて人減らしができない。で、組合員でない中年管理職が人減らしの対象になる。別社を造り、そちらへ人員を移籍させるという条件で、傀儡は金を出してもいいといったという。

「しかし、考えてもみろ。海とも山ともつかない俺が独立して、一緒についてくるという社員がどれだけいるかね。社員は母胎についていた方が安全だ。こちらが欲しいと思うような働き手はなおのこと来ない」

「社長命令でもか」

「社長命令じゃないさ。傀儡はそんな憎まれ役をするもんか。俺が説得して連れていくんだ。こういう場合の条件は、普通、一年間は同額の給与を保証するんだが、金で釣るより他あるまい。発足するときから、そういう高給社員をうんと抱えこむんだぜ。やっていけるかね。しかも、年齢的に、まもなく退職金を払わなければならない社員をさ」

「ハンドルさばきで、そういう難所は越えられないのかね」

「傀儡は、一年もしないで、潰れると見ている。中年社員をそういう形で手放す気でいるんだ」

奴は、爽快に、虫喰の意見を告げた。爽快はこういった。

「それはわかる。実情はそういうこともありますよ。しかし僕なら、やってみるなァ。どっちみち理想的な条件なんてないんだし、やってみないことにははじまらんじゃないですか。仙ちゃんは萎縮《いしゅく》してるなァ。もともと石橋を叩いて渡らないところがあるけれど」

「そうかもしれない。でも、それは最後の手段と考えているかもしれないなァ」

「つまり、他の手段で独立の道があるということですか」

「俺は何にも知らない。だけど、他の手段はまったく考えられないのかね」

「たとえば――?」

「知っていれば逆に隠すよ。傍観者の無責任なセリフだが、初代ともう一度くっつく可能性はないかね」

爽快は一瞬考えた。「初代が乗らんでしょう」

「養子は――?」

「仙ちゃんとそりが合わない」

「そりゃわからん。だいぶ前から手を打ってるかもしらんぜ」

「――無いですね」

奴も笑った。残念だが、無いだろう。そういう目論見があれば、取りこんだ金で、まず第一に家など建てようとしない。

爽快は、虫喰の後輩だが、かつての虫喰と似て、社員の人望を担い、仕事の実績をあげている男だった。いろいろの意味で、虫喰を目標にし、参考にしてきた男だ。同じ県の出身だが、虫喰より明るくて、能動的な男だった。

「じゃァ、仙ちゃんは何を考えてるんだろう」

「いずれにしろ、最後の手段じゃちょっと困るんですよ。いや、仙ちゃんのためにね。秋の株主総会で彼の退社が正式に定まってしまう。そうなれば会社にとって他人ですからね。別社は何も仙ちゃんでなくたってできるんです。その前に、社長とうまく提携してくれないと、仙ちゃんの立場がいっそう不利になっちゃいますから」

爽快は宣告するようにいった。

念の為、奴は虫喰に電話をかけた。

「――やらない」と虫喰はいった。

「そうか――」

とだけいって、奴も受話器をおいた。

爽快にその返事を伝えてから、

「ところで、健ちゃん――」と奴はいった。

爽快との交際も、もう二十年以上になっている。

「今度は、君が二番手だが――」

「ああ――」といって爽快は笑いだした。

「わかってますよ。僕はいつも仙ちゃんの二番手で恵まれてたけど、今度は――」

「勝算ありかね」

「仙ちゃんを見ていた分だけ、勉強になった。まァ、がんばってみますよ」

その頃のある金曜日の夜、珍しく来客の多い夜で、仕事関係の客のほかに、山中一樹と、彼の故郷の先輩の青年も来ていた。青年は、山中を案じて、故郷に連れ戻すために上京してきたのだった。

「お世話になりました――」と山中はいった。「結局、僕が甘かったんです」

「此奴はね――」と青年もいった。「あっちを出てくるとき、マンションとキャデラックを手に入れて戻ってくる、といって出発したんですよ」

「気にするなよ、失敗なんか、目じゃないよ。君はまだ、十九だろう」

「二十歳です」

「俺の二十歳の頃はね、救いようがなかったよ」

「今度上京するときは、キャデラックで来ます」

「ああ――」

そのとき、また来客があった。原です、という声がした。扉をあけると原完坊が、笑いを浮かべて立っていた。

「今、忙しいですか」

「いや、どうぞ入りたまえ」

「カミ日が、一緒なんですが」

奴はびっくりして、原の背後を見た。急に老いて小さくなった泡森京三が、蹌踉《そうろう》と立っており、その身体を支えるようにして三十恰好の女性まで居た。

「へええ、これは珍客だ」

「珍にして奇でしょ」と原。

「おじさんは、東京をズラかってるんだろ」

「ええ、今、四国の方なんですけどね。月に一度くらい、こっそり出てくるんですよ。あたしの会社の顧問をやって貰っているもんだから」

「あたしの会社っていうと？」

「エへへ、大日本賭博公団」

「顧問料を払ってるのかい」

「エヘへ――」と原はまた笑った。「いただいてるんで」

「俺もいそがしいんだよ――」とカミ旦がいった。「プロ野球と東京の競馬、競輪は、完坊のところで買うだろ。名古屋、大阪、北九州、毎日八方へ電話して買いを入れるんだ。そのほか拳闘だの国体だのってあるだろ。地元の若い衆はばくちを教えてくれって来るんだ。ホンビキを教えてるよ。これが毎晩、呼びに来て朝までさ、あっちに居たんじゃ眠れない」

「今日も大宮競輪の帰りなんですよ。カミ旦は鋭いよ。ホテルに泊るくらいならあいつン所へ行こう。稼げるかもしれない、だってさ」

カミ旦は、小さくなったばかりでなく、歯も抜け落ちていて、風貌が変わっていた。どこか喜劇的で、貧相な老人になっていた。それが、案外に好ましい。

カミ旦もだが、原完坊の顔色も青リンゴのように血の色がなかった。そうして、腹はそうでもなかったが、頬がこけて、とがった顔になっていた。

「徹夜《おつや》あけかね」

「いえ、あたしはそんな――」

「ははァ、ダイエットをやってるのか」

「痩せたでしょう――」と原は笑顔を消した。

「どうも、まずいんですよ。おかしいんです」

「この前、仙ちゃんの件で会ったときは感じなかったがね」

「いや、あのときも変だったんです。ほら、下腹がこんなにふくれちゃって、固い大きな玉がひとつあるんですよ」

奴は、手をのばして腹に触れてみた。いい感じではなかった。奴の友人知人で、似たような症状から死病にとりつかれていった誰彼のことを瞬間的に頭に浮かべた。

「膵臓《すいぞう》だと思うんですがね。肝臓かな」

「なんだかしらんが、肥大してるみたいだな。痛むの」

「なんかこう圧迫感があるんですよ。明日の朝、W大で調べて貰うんですが」

「それじゃちょうどいい――」とカミ旦がいった。「朝まで遊ぼうぜ。メンバーは集められないかな」

「――金曜の晩だからねえ」

近年は賭けゴルフが盛んで、だからばくち打ちたちは土日のゴルフに合わせて、金曜の夜はあまり手を合わせたがらない。彼等の生活の軸は、ほぼゴルフになっている。

たとえば、神《カン》ちゃんというばくち打ちは、本当はシングル級だが、毎週のコンペではそんな気振りは見せず、いつも二、三位に喰いさがってサシウマを稼ぐ。そのうえワンホールごとにサシウマも誰彼なしにいく。神ちゃんはただ適当に転がしているだけで、相手が崩れて叩き重ねるのを待っているだけでいい。それでも毎週三百万から五百万ぐらいにはなる。彼のような力はなくとも、旦那衆に混じって皆けっこう稼いでいる。若手のばくち打ちはいずれもゴルフを本格的に習っている。そういう世の中である。

それじゃ失礼します、といって山中と青年が引き揚げていった。そうしてまもなく、廊下を駈け戻る足音がして、山中が一人、扉口から顔をのぞかせた。

「お願いです、阿佐田さん、半チャン一回だけでいいから打たしてくれませんか。僕、二十万、持っています。先輩が、これで東京での不義理をなくせといって持って来てくれた金です」

「彼は——?」

「帰りました。あれが話にきいたカミ旦でしょ。一生の記念になります」

「負けたらどうする」

「——死にます」と山中はいった。

奴は、別のことを考えていた。原の壮行会をしてやろうと思ったのだ。ゴルフに待機している本職ではない。しかしばくちをやる知合いに次々に電話をかけた。

「じゃァ、禁を破って今夜は遊ぶか。ただし、いつもとちがって今夜は一割のテラを取りますよ。そのテラ銭は、皆の気持として、原くんに贈りたい」

「香典ですか。あたしは死にませんよ」

といって原は笑った。

「それでね、おじさん、原くん、皆が集まるまで、半チャン打とう。この若手が、もんでくれといってるんだ」

阿佐田哲也の小説だと、ここから、麻雀の場面になるわけである。が、ここでは省略したい。奴と同じようなことを、いまさらやる気はない。

一言でいえば、その半チャンは、山中一樹のためにあるようなゲームだった。長打短打を放ちまくって、オーラスもしのぎ切り、山中は眼を輝かせて、卓上に投げられた勝金を眺《なが》めていた。

「ツイていたんでしょうか。そうですね。一回じゃ力はわかりませんね」

「何だろうと、君は勝ったんだよ。金をしまいなさい」

「おめでとう――」と原もいった。

山中は再戦しようとしたが、メンバーが集まって来ていた。元新撰組の連中も来ている。そうでない別筋の知人も居る。

奴は、大きな紙にサインペンで、原完坊くん壮行会、逝《ゆ》け、幸運の星空へ！　と記した。

「なんですか、あの字は。逝け！　ってのは――」と原が笑った。

「厄落しみたいなものだ。ゲンがいいんだよ。そのかわり、今夜勝つようじゃ、先は保証しない。ツキは病院にとっておくこと」

「鋭いねえ。病人から捲《ま》きあげようっていうんだ」

それから、原が病院に出頭する時間ぎりぎりまで戦った。その戦況も詳述しない。ページ数を喰うだけだし、もう面倒くさい。

カミ旦が、威力を失っているのが、はっきり現われていた。しかし彼は嬉しそうに、フダを繰っていた。ときどき、一同の顔を見て、噴きだすように笑った。

「おかしいねえ、相手が餌に思えねえよ。我が同胞のような気がするよ。こんなことってねえなァ。なんでこう、なつかしいんだろう——」

奴は負けた。カミ旦も、原も、元新撰組も負けた。山中もせっかくの勝金をフイにした。勝ったのは、名もなき初心者だった。

カミ旦は女性に支えられて、これからまた大宮競輪に行くといって立ち去った。

奴は、皆を送りだしたのち、原完坊と連れだって外に出た。

「病院に、このまま沈没するなよ。気力をこめて、検査なんかハネ飛ばして来いよ。ばくち打ちなんだから、キッ返せよ」

「あたしは死ねないです。たとえガンだって、キッ返してきますよ。あたしが死んだら、将棋倒しですからね。なァに、キツい勝負は今までだって——」

「原くんは勝負強いからね。本当の意味で。大丈夫だよ。せめて君一人くらいキッ返してくれなくちゃ困るし、キッ返すとすれば、君だよ」

原を見送って、朝刊を取り、部屋に戻った。その朝刊の死亡欄に、傀儡氏の名前が出ていた。入院中に、心臓発作を起こしたのだという。

奴は、能動的な爽快の表情を勝手に思い描いた——。

あとがき

なんだか、変てこりんなものができあがった。変てこりんで、妙ちくりんで、変てこと妙ちくで行き会っては会話ばかりしているような趣きで終始しているが、当初、この題名を考えついたときは、こんなふうになるとは本人も予想だにしていなかった。

記しはじめたら、どうもなんだかひどく面倒くさくなった。何もかも面倒くさい。どうしてかわからないが、そうなれば、面倒なことはできるだけ避けたい。昔から私は面倒くさがりやで、それがどうしたことか近年は、文章などを一字一字記しているのを自分でも不思議に思っていた。それが、面倒くさく思いだしたのだから、自分としてはその方が納得しやすい。

で、面倒だから小説風な恰好づくりもしなかった。面倒だから、他者も出さない。作中人物はいずれも私の分身ですませてしまう。一人言小説、近親者小説である。もっとも、我々の身のまわりに、近親以外のものが居るかというと、どうもあまり見当らないから、あながち面倒のせいばかりとはいえない。

とにかく、投げやりに記したら、何が幸いするかわからぬもので、自分では、ちょっと好ましい出来だと思えるものになった。すくなくとも、駄ジャレに発したこの題名で、私が何かを記す場合、その工夫のあれこれ、仕上りの模様を幾通りか想像してみて、この形が最良に近いと思う。

しかし、さっぱり面白くねえや、というお声もたくさんあろう。あらかじめ、指の先を額に当てて、どうも、あいすみません、とお詫びしておく。

阿佐田哲也

色川武大

P+D BOOKS ラインアップ

居酒屋兆治
山口 瞳
●高倉健主演作原作、居酒屋に集う人間愛憎劇

血族
山口 瞳
●亡き母が隠し続けた秘密を探る私

家族
山口 瞳
●父の実像を凝視する『血族』の続編的長編

江分利満氏の優雅で華麗な生活
《江分利満氏》ベストセレクション
山口 瞳
●昭和サラリーマンを描いた名作アンソロジー

江戸散歩（上）
三遊亭圓生
●落語家の〝心のふるさと〟東京を圓生が語る

江戸散歩（下）
三遊亭圓生
●〝意気と芸〟を重んじる町・江戸を圓生が散歩

P+D BOOKS ラインアップ

P+D BOOKS ラインアップ

風の息（中）
松本清張
●
〝特ダネ〟カメラマンが語る墜落事故の惨状

風の息（下）
松本清張
●
「もく星」号事故解明のキーマンに迫る！

象の白い脚
松本清張
●
インドシナ麻薬取引の〝黒い霧〟に迫る

記憶の断片
宮尾登美子
●
作家生活の機微や日常を綴った珠玉の随筆集

幼児狩り・蟹
河野多惠子
●
芥川賞受賞作「蟹」など初期短篇6作収録

ウホッホ探険隊
干刈あがた
●
離婚を機に別居した家族の優しく切ない物語

P+D BOOKS ラインアップ

海市　福永武彦　●親友の妻に溺れる画家の退廃と絶望を描く

風土　福永武彦　●芸術家の苦悩を描いた著者の処女長編作

夜の三部作　福永武彦　●人間の〝暗黒意識〟を主題に描かれた三部作

夢見る少年の昼と夜　福永武彦　●〝ロマネスクな短篇〟14作を収録

加田伶太郎 作品集　福永武彦　●福永武彦〝加田伶太郎名〟珠玉の探偵小説集

どくとるマンボウ追想記　北 杜夫　●「どくとるマンボウ」が語る昭和初期の東京

P+D BOOKS ラインアップ

罪喰い　赤江 瀑　●〝夢幻が彷徨い時空を超える〟初期代表短編集

春喪祭　赤江 瀑　●長谷寺に咲く牡丹の香りと〝妖かし〟の世界

おバカさん　遠藤周作　●純なナポレオンの末裔が珍事を巻き起こす

宿敵 上巻　遠藤周作　●加藤清正と小西行長　相容れない同士の死闘

宿敵 下巻　遠藤周作　●無益な戦。秀吉に面従腹背で臨む行長

銃と十字架　遠藤周作　●初めて司祭となった日本人の生涯を描く

P+D BOOKS ラインアップ

ヘチマくん　遠藤周作　●太閤秀吉の末裔が巻き込まれた事件とは？

決戦の時（上）　遠藤周作　●知られざる、信長〝青春の日々〟の葛藤を描く

決戦の時（下）　遠藤周作　●天運も味方に〝天下布武〟へ突き進む信長

上海の螢・審判　武田泰淳　●戦中戦後の上海を描く二編が甦る！

快楽（上）　武田泰淳　●若き仏教僧の懊悩を描いた筆者の自伝的巨編

快楽（下）　武田泰淳　●教団活動と左翼運動の境界に身をおく主人公

P+D BOOKS ラインアップ

残りの雪（上）　立原正秋
●古都鎌倉に美しく燃え上がる宿命的な愛

残りの雪（下）　立原正秋
●里子と坂西の愛欲の日々が終焉に近づく

剣ケ崎・白い罌粟　立原正秋
●直木賞受賞作含む、立原正秋の代表的短編集

サド復活　澁澤龍彥
●澁澤龍彥、渾身の処女エッセイ集

マルジナリア　澁澤龍彥
●欄外の余白（マルジナリア）鏤刻の小宇宙

玩物草紙　澁澤龍彥
●物と観念が交錯するアラベスクの世界

P+D BOOKS ラインアップ

都心ノ病院ニテ幻覚ヲ見タルコト 澁澤龍彦 ● 澁澤龍彦"偏愛の世界"最後のエッセイ集

秋夜 水上勉 ● 闇に押し込めた過去が露わに…凛烈な私小説

五番町夕霧楼 水上勉 ● 映画化もされた不朽の名作がここに甦る!

人喰い 笹沢左保 ● 心中現場から、何故か一人だけ姿を消した姉

焔の中 吉行淳之介 ● 青春=戦時下だった吉行の半自伝的小説

男と女の子 吉行淳之介 ● 吉行の真骨頂、繊細な男の心模様を描く

P+D BOOKS ラインアップ

虫喰仙次 色川武大 ●戦後最後の「無頼派」、色川武大の傑作短篇集

小説 阿佐田哲也 色川武大 ●虚実入り交じる「阿佐田哲也」の素顔に迫る

遠い旅・川のある下町の話 川端康成 ●川端康成 甦る珠玉の「青春小説」二編

親友 川端康成 ●川端文学「幻の少女小説」60年ぶりに復刊！

魔界水滸伝 1 栗本 薫 ●壮大なスケールで描く超伝奇シリーズ第一弾

魔界水滸伝 2 栗本 薫 ●〝先住者〟〝古き者たち〟の戦いに挑む人間界

P+D BOOKS ラインアップ

魔界水滸伝 3
栗本 薫
● 葛城山に突如現れた〝古き者たち〟

魔界水滸伝 4
栗本 薫
● 中東の砂漠で暴れまくる〝古き者たち〟

魔界水滸伝 5
栗本 薫
● 中国西域の遺跡に現れた〝古き者たち〟

魔界水滸伝 6
栗本 薫
● 地球を破滅へ導く難病・ランド症候群の猛威

魔界水滸伝 7
栗本 薫
● 地球の支配者の地位を滑り落ちた人類

魔界水滸伝 8
栗本 薫
● 人類滅亡の危機に立ち上がる安西雄介の軍団

P+D BOOKS ラインアップ

魔界水滸伝9　栗本薫
●雄介の弟分・耕平が守った〝人間の心〟

魔界水滸伝10　栗本薫
●魔界と化した日本、そして伊吹涼の運命は…

魔界水滸伝11　栗本薫
●第一部「魔界誕生 篇」感動の完結!

魔界水滸伝12　栗本薫
●新たな展開へ、第二部「地球聖戦編」開幕!

魔界水滸伝13　栗本薫
●〝敵は月面にあり!〟「地球軍」は宇宙へ

魔界水滸伝14　栗本薫
●アークが、多一郎が…地球防衛軍に迫る危機

P+D BOOKS ラインアップ

魔界水滸伝15　栗本薫
● 魔都・破里へ！勇士7名の反撃が始まる

魔界水滸伝16　栗本薫
● 異界の地平に七人の勇士が見た〝暗黒都市〟

魔界水滸伝17　栗本薫
● 人界と魔界が遊離！その時安西は仇敵の元に

魔界水滸伝18　栗本薫
● 記憶を亡くし次元を転移していく安西雄介

魔界水滸伝19　栗本薫
● ついに魔界は飛散し、人界との絆は途切れる

魔界水滸伝20　栗本薫
● 絢爛たるSF巨編第二部「地球聖戦編」完結！

（お断り）

本書は１９８４年に角川書店より発刊された文庫を底本としております。

あきらかに間違いと思われるものについては訂正いたしましたが、

基本的には底本にしたがっております。

また、底本にある人種・身分・職業・身体等に関する表現で、現在からみれば、

不当、不適切と思われる箇所がありますが、著者に差別的意図のないこと、

時代背景と作品価値とを鑑み、著者が故人でもあるため、原文のままにしております。

色川武大（いろかわ たけひろ）
1929年（昭和4年）3月28日―1989年（平成元年）4月10日、享年60。東京都出身。1978年に『離婚』で第79回直木賞を受賞。代表作に『怪しい来客簿』、阿佐田哲也名義で『麻雀放浪記』など。

P+D BOOKS
ピー プラス ディー ブックス

P+Dとはペーパーバックとデジタルの略称です。
後世に受け継がれるべき名作でありながら、現在入手困難となっている作品を、
B6判ペーパーバック書籍と電子書籍で、同時かつ同価格にて発売・配信する、
小学館のまったく新しいスタイルのブックレーベルです。

小説 阿佐田哲也

2017年5月14日　初版第1刷発行
2025年2月12日　第7刷発行

著者　色川武大
発行人　石川和男
発行所　株式会社 小学館
〒101-8001
東京都千代田区一ツ橋2-3-1
電話　編集 03-3230-9355
　　　販売 03-5281-3555
印刷所　大日本印刷株式会社
製本所　大日本印刷株式会社
装丁　おおうちおさむ（ナノナノグラフィックス）

ISBN978-4-09-352302-8

P+D BOOKS